阿妙 著

惊喜
不会迟到，
只要你在努力

PLEASANTLY SURPRISED
WILL NOT BE LATE,
AS LONG AS YOU WORK HARD

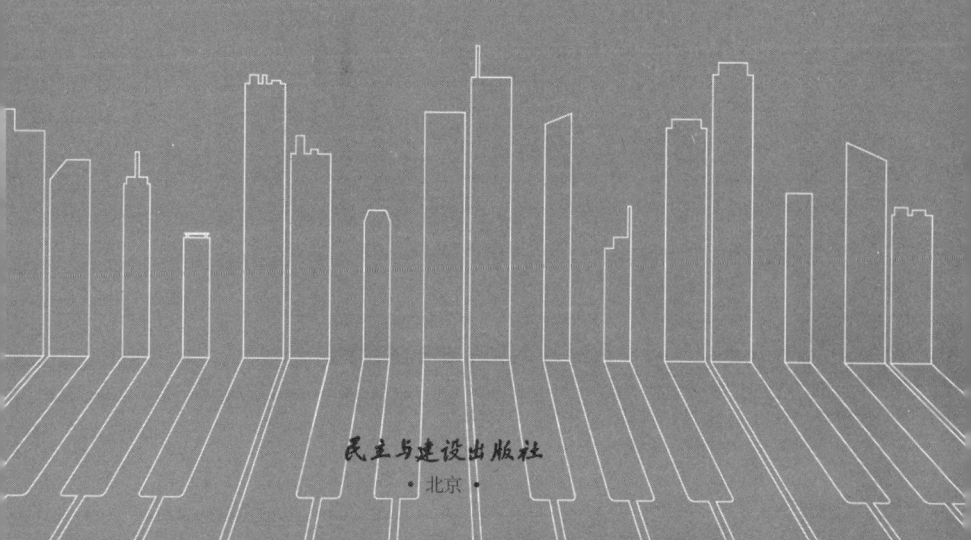

民主与建设出版社
·北京·

© 民主与建设出版社，2024

图书在版编目(CIP)数据

惊喜不会迟到，只要你在努力 / 阿妙著. -- 北京：民主与建设出版社，2017.6（2024.6重印）

ISBN 978-7-5139-1523-6

Ⅰ.①惊… Ⅱ.①阿… Ⅲ.①散文集－中国－当代 Ⅳ.①I267

中国版本图书馆CIP数据核字（2017）第100364号

惊喜不会迟到，只要你在努力
JING XI BU HUI CHI DAO, ZHI YAO NI ZAI NU LI

著　　者	阿　妙
责任编辑	刘树民
出版发行	民主与建设出版社有限责任公司
电　　话	（010）59417747　59419778
社　　址	北京市海淀区西三环中路10号望海楼E座7层
邮　　编	100142
印　　刷	三河市同力彩印有限公司
版　　次	2017年10月第1版
印　　次	2024年6月第2次印刷
开　　本	880mm×1230mm　1/32
印　　张	6
字　　数	170千字
书　　号	ISBN 978-7-5139-1523-6
定　　价	48.00 元

注：如有印、装质量问题，请与出版社联系。

惊喜不会迟到，只要你在努力

CONTENTS 目录

去做想做的，不要留下遗憾

CHAPTER01
不停止你坚持的努力

不如从今天开始坚持 \ 002

坚持才能看到希望，付出才会有收获 \ 005

坚持既然开始了就不要中断 \ 009

你每天的坚持都不会浪费 \ 013

现在一事无成并不代表着将来，你想要的总有一天会到来 \ 017

学会在不计回报的寂寞时光里去积淀和积累 \ 021

咬咬牙，你还能再坚持 \ 024

这世上的绝大多数事情，都是唯坚持不破 \ 030

CHAPTER02
不轻易放弃你的梦想

不后悔曾为梦想全力以赴过 \ 036

不要以为别人的说三道四就轻易放弃自己的梦想 \ 043

不要因为一点挫折就懂了放弃梦想的念头 \ 049

大胆往前走,梦想在朝你招手 \ 053

梦想就在前方,只要朝前走就能触碰得到 \ 058

梦想也许遥远,但是努力会让它唾手可得 \ 063

为你的梦想寻一条正确的出路 \ 067

CHAPTER 03
不敷衍现在在做的事

肯努力的话，哪条路都能通罗马 \ 072

每天进步一点点，最后你也能成为一个优秀的人 \ 077

每一个踏实努力的现在，都能让我们不畏将来 \ 081

努力可能不会让一个人咸鱼翻身，但不努力就什么都没有了 \ 087

人不要太任性，因为你是活给未来的你 \ 093

认真做一件事，并一心一意把它做好 \ 098

岁月不饶人，你也不可饶过岁月 \ 102

这一路的风景能创造出最好的你 \ 107

\CHAPTER04
不辜负每一天的早起

爱自己才能活出自己的价值 \ 112

不能拥抱诗和远方，也要用心过好眼前的生活 \ 118

不去尝试，不可能也不会变成可能 \ 121

不要光顾着羡慕别人，却无动于衷 \ 125

活在当下并着眼于未来 \ 129

想做的事就去做，总会有意外收获 \ 134

再琐碎的事，只要在做都会闪闪发光 \ 139

只要用心，不堪的生活也能过得灿烂 \ 143

CHAPTER 05
不轻视你的每个行动

把握好今天，才能有未来可言 \ 150

敢于选一条很少人去走的路 \ 154

何必羡慕他人呢？你也有你自己的生活啊 \ 160

你说话的舒适度展现了你的高度 \ 164

你做的每一件事情，都是你的名片 \ 169

让自己做到极致，资源便会不请自来 \ 175

未遇见真爱之前，学会跟自己相处 \ 179

CHAPTER
01
不停止
你坚持的努力

不管发生什么，都不要放弃，坚持走下去，肯定会有意想不到的风景。也许不是你本来想走的路，也不是你本来想登临的山顶，可另一条路有另一条路的风景，不同的山顶也一样会有美丽的日出，不要念念不忘原来的路。

不如从今天开始坚持

2013年的第一天，我在日记本上写下了对自己在新的一年里的期许。我突然觉得心里有深深的负罪感，没有喜悦，没有期待，仿佛是被下了咒，麻木地用笔写下1、2、3……若干条能让我看了就激动的条目。我不知道是为了什么会觉得这样的无力。把日记本翻得哗哗响我才知道，同样的条目我已经在日记本里写了至少5遍。每次写完我都在后面添一句话："从明天起坚持执行！"一字不差，连标点符号都是一样令人振奋的感叹号！

我继续翻着，前三天详细地记下了努力情况，包括当时的心情，然后，就没有然后了……我竟然连日记都不能坚持写下去了，因为一翻开就是提醒了自己又能坚持。我选择了逃避，把日记本丢得远远的，塞到找不到的书堆了，然后过了一阵已经完全忘了之前几近燃烧的热度时，或是偶尔翻到日记本时我才继续。再过一阵，又开始列那些让我像打了鸡血一样的1、2、3……

哆哆嗦嗦地关上日记本，回想之前的情况，借口总是能不停地挤进大脑深处。"今天作业很多，所以看不了书了。""今天天气不好，不用去跑步了""外面很冷，舍友也没起床，再睡一会儿"……这样那样的理由让我觉得安心，但事实上连自己也不能信服，写作业的时候也要惦记那本书，看着外面的雨也想着好多天没跑了，躺在床上也要想着今天又很多任务，该起来了。一次两次的借口让我觉得内疚，但是借口堆得多了，就磨损了动力，觉得自己理所因当，"反正都好多天没有按照计划来了，不用坚持也没关系"这样的念头蹭蹭地往外冒，至此，动力就完全消失不见了。

每个人都会说我要怎么怎么样，我会怎么这么样，但一旦让我们加上什么时候就开始犹豫不决，要么就是明天？恩，明天一定开始。的确是开始了，却坚持不下去。

那天看到了10000小时梦想实现计划，说任何一个人如果想要在一个领域成为最出色的人或者大师级的人物，必须至少投入10000个小时才行。简直太对了！也许10000小时不太准确，也许你努力了20000小时也没有成功，但不管是10000小时还是20000小时，只要付出时间和努力，你总是在进步，总是会离目标近很多。最可怕的是原地踏步，不进则退。

我深信这一点。高中的时候，文理分科前，学校很重视理科，我也是拼命地花大把时间做物理化学题，我的理科成绩能够维持在平均分85以上，我背公式简单又迅速，不是因为我的脑子够灵光，只是因为我够努力，当你将时间花下去，必然会有一定的回报，同桌羡慕我，我却是苦笑，和那些理科超强的男生相比，我简直太可悲了，我知道自己在理科的路上走不远，高二时毅然决然地选择了文科。那时，我的语文只能勉强在及格线徘徊，我的政史地也只是70分上下。

印象很深的一次，我的历史老师在我的作业本上留下了一行字：中午到我办公室一趟。我的心很忐忑，怕她要教训我抄历史作业的事。中午战战兢兢地去了办公室，她在翻看一本很久的史书，她偏过头来，至今我都记得她的表情，眉头是锁着的，她说："你真的确定要报文科，你的文科成绩……"

我知道她的意思,她是为我担心。但是当时我的内心升起一把火,凭什么说我不能报文科!我咬了咬嘴唇,说:"是的,我要报文科。"之后,我在文科班的成绩就能保持在年级前三名了。没有诀窍,只有努力,不服输的心,和坚持。

2013年1月1日,我把那些1、2、3划掉,列了一张表格,每一栏都是很小的事:每天看至少1小时的书,每天做无氧间歇运动,每天11点前睡,8点前起……诸如此类,每天画钩,我发现当事情变得很小,又能渗透到生活中,不占用很多时间,每日都有监督时,就很容易做到和坚持下去。最好是有一股劲,一股想让自己变得更好的劲儿。我在日记本里写说:你不是愿意自甘堕落的人,你值得拥有幸福和美好。

我的10000小时在减少,即使每天用了10分钟,也在靠近。发现自己很容易放弃的点是偶尔一天的懈怠。譬如今天没有做运动,于是就认为已经破功了,之后的努力都没有用了。其实不然,一天的休息不但不会让之前的努力白费,反而会让你放松,让你再事后更加努力,让你之后的努力更有效果。

我不是在励志、鞭策,我只是想说:从现在开始,你有选择变成更好自己的机会,立刻动起来,坚持下去。活着的意义大概也就是挑战自己了。

无论是读书、旅行或是交友。你一定要始终坚持多了解这个世界,尽可能多地看到它的晦暗与光明,冷淡与热情,平庸与精彩。也许感悟还不够深刻,也许吸收不够完全,也许不能完全接受所有多样性,但这是唯一可以"死而无憾"的过程。要知道,生而为人,命途太短。世界永远年轻,而你终将老去。

长期以来，我一直期望着过上真正的生活，可手头总有做不完的事，不断发生的混乱，毫无头绪的忙碌，后来我才知道，这些就是生活呀，硬着头皮我就得坚持下去，明天又将会是美好的一天。

坚持才能看到希望，付出才会有收获

饭要一口一口地吃，路要一步一步地走。高起点不能决定人生的速度，也不能决定人生的长度，所以说脚踏实地、勤劳肯干才是唯一的出路。不要惧怕路途坎坷崎岖，坚持才能看到希望，付出才会有收获。

——题记

我是别人眼中的柴总，也是同事眼中的老柴，但在自己眼中，我是一个诚恳的老干部。

我毕业于厦门大学，当然，并不是你们口中"吓大的"。转眼之间已从青葱少年步入中年，毕业也有18年了。

对于我来说，人的生活里没有容易二字，经历过大风大浪，也体会过世事艰辛，最后变成一位足智多谋的中年大叔，其中的付出只有自己最清楚。

那一年毕业后，我留在厦门，做了半年的快消品推广，其实就是到各大商超去推销公司的产品。不懂行情，不懂推销门路，没办法只能从扫街开始。我给自己定下一个任务，就是每天不跑完20家就不要休息。熟能生巧，跑得多了，对客户的问题也就了解得更多，同时也认识了许多同行,我会经常向他们了解一些技巧。

那时候的人还算比较实在,你向他了解什么,他就会问你解答什么,不像现在有些人,说句不好听的就是搅屎棍,拿问路来说,不清楚也不会说明,就是按照自己的猜想,瞎给你指路。

我自己的确肯下功夫,也有一股不服输的劲,都是一个鼻子俩眼睛的,为什么别人就把产品推销出去,而自己却不能。别人休息,我跑市场,别人聊天,我就研究怎么能让客户信任。

这时间过了俩月,也陆陆续续地开张了。

总结一下:

其一,自己要努力肯干,这个我不多说;

其二,凡事不要太急功近利,尤其是遇到客户的时候,老板或经理他们第一眼看的不是你的产品,是你的人。如果让他们看出你是一个不稳重的人,那么这就要扣分了,会直接影响产品的推销。各行各业都有自己的规则不错,但一个不稳重的人,无论在哪里都会吃亏。

我一直向往更大的舞台去工作锻炼,所以半年后我离职了,一个人背上行李来到了北京,女朋友没有过来。到了北京后,我如愿以偿进入惠普工作。

我进入的部门是负责计算机业务的,需要经常到外面跑业务,对于这些我也算轻车熟路了。

从快消品到计算机,产品方面需要掌握的更多,初入公司的一段时间,我每天晚上都会给自己补习下电脑产品方面的知识,这是我未来要和客户谈论的东西。

有一天在外面跑的时候,看到一个大的工地在施工,我就上前了解了一下,原来是一家公司在建办公楼。我一听有戏,于是又向别人问到了这家公司的一些资料。回到公司后我就准备开始去跟进这家公司,看了看公司规模,应该对电脑的需求不会太小。

从这就开始跟进这家公司了,时不时会跑去这家公司,开始的时候还是推销下产品,毕竟惠普是大企业,品牌摆在那里,后面也就是混个脸熟。一来二去,这家公司的几个经理都对我有些印象了,目的也就达到了。

几个月后,我也顺其自然的收到了一份大订单。

其实对于销售来说,不怕笨,就怕懒。这家公司也有好几个对手在跟,试想一下,我要是没有毅力和恒心,不坚持一下,可能就失去了一次机会,空手而归。

这家公司只要电脑有问题,我都会第一时间来处理,这也让他们另眼相看,虽说我有义务跟进产品售后问题,但偷懒还是可以的,可这并不是我的工作方式。后面这家公司又建了厂房,电脑也是从我这里采购的,用他们经理的话说:"电脑都差不多,但人不一样。"

部门里很多同事都在公司做了三四年了,多的也有七八年了,每个人都有一样技能,就是学会偷懒。

公司要求部门每个人每月要提交报表,对于很多人来说嫌麻烦,懒得做报表,但还得按时上交。很多人都会选择在最后两天忙着整理报表,而我经常会有条不紊地整理好,不至于临阵磨枪。

他们这种自以为是的偷懒,其实都是在给自己挖坑,经常性的出现问题。

平时自己的工作都会争取完成好,不属于自己的工作也会抢着去做,我的想法不是表现自己,而是多锻炼下自己。

但在很多同事眼中并非如此,大家都忙着偷懒,你却在这忙前忙后的,在他们看来就是在领导面前表现。我并不在意他们的想法,他们养老,我不能,也不愿这样做。

印象中最有趣的就是如何与保安打交道,北京有一些办公楼管理很严格,这时候我首先面对的就是保安这一关。

国贸很多人应该都知道,这是北京的地标。里面有很多世界500强企业的办事处,或者国内大公司的总部都设在那里,国贸的安保可谓严格至极。

为了攻克国贸,我那时候真是下了不少功夫。

扮演过很多角色,装修工人、某家企业客户、快递员,当然没有一次能成功混进去的时候,都被保安拦了下来。

一来二去,我和保安也混熟了,每次到国贸,他都会说:"怎么又是你啊,走吧,我不可能放你进去。"

既然进不去,那就先攻克保安吧,我三天两头地往国贸跑,看到保安,我都会说:"我不是要进去,我是找你的。"

每次都会闲聊一会,时间长了,就成了无话不说的朋友。对于他们来说,为朋友开个后门还是可以的,于是后来我就大摇大摆的进入国贸了。现在想想,仍然很有意思。

在北京生活的前几年,我把自己的业余时间都拿到了交朋友上,上到企业老板,下至保安中介,我认识了很多人,晚上没事就会经常在一起喝酒聊天,那时候足足比毕业那会胖了三十斤。不过付出多少就会收获多少,我从不会攒钱,因为我认为还不到攒钱的年龄,就算攒钱,也攒不下几个钱。

从他们身上学到的经验,是我现在还能用到的,可以说十分珍贵。三人行必有我师,每个人都不能小瞧,都有自己可以认真受教的地方,这就是我的初始理念吧。

在惠普工作了7年,我也慢慢升到了一个中层管理。

三言两语难诉十几年的故事,但做人方面,始终都是那一句话,努力才会有收获,坚持才能看到希望,你若盛开,清风自来。

每条路都是孤独的,慢慢地你会相信没有什么事不可原谅,没有什么人会永驻身旁。也许现在的你很累,未来的路还很长,不要忘了当初为何而出发,是什么让你坚持到现在,勿忘初心。丢失的自己,只能一点一点找回来,让自己变得优秀,是为了让爱你的人骄傲。

坚持不是件好玩的事情，在抵达结局前，每个人都看不清前方究竟是喜悦还是泪水。但我不想就此谢幕，在还未与你同台之前。

坚持既然开始了就不要中断

1

一年能不能彻底改变一个人？这个问题，许多人问过我，我也问过很多人。我觉得，答案是可以的。而且，一年，可以很舒服地彻彻底底地改变一个人。

2015年底，我认识了一个演员，几次工作受挫，她决定闭关苦练英文口语。闭关前，她问我，如果自己每天都学英语，坚持三个月，能不能学好？我说，不能，时间太短。

她又问，半年呢？我有些犹豫地点点头。

她继续问，如果一年呢？我使劲地点点头，然后又摇摇头。

她问，怎么了？我说："一年的坚持肯定可以让你的英语精进不少，但许多人都在半途放弃了。"

她笑了笑，说："你太小看我了。"

刚刚过去的2016年末，我再次见到了她，她依旧接着一些不痛不痒的戏，演着不温不火的角色。重要的是，她的英语依旧没有提高，除了几句简单的打招呼，其他还是一窍不通。

于是，我问她为什么没坚持下来。她有些不好意思地说，"一年时间太长，中途总有些事情打断了我计划好的坚持，所以，有没有短一点见效的方式？"

她认为的捷径，让我想起了自己在健身房跟教练的对话。我问教练，能不能快点减20斤？

教练说："我跟你这么分析吧。如果你想一年减20斤，你就需要每天跑3公里；如果你想半年减20斤，就需要每天跑5公里；如果你想要三个月减20斤，你就需要每天跑5公里然后坚持不吃晚饭；如果你想要一个月减20斤，你一天就只能吃一顿了，跑步就必须从原来的5公里叠加到10公里以上；那如果你想要一天就减20斤，就只能做手术了。"

教练还补充了一句话，做手术的风险很大，往往会有后遗症。所以，除了坚持运动和健康饮食之外，并没有什么好方法。

的确，坚持在时间的推动下，会有惊人的力量，这种力量能潜移默化地改变人。

2

所以，一年能不能彻底地改变一个人呢？答案是能，不过你需要的，是坚持。

其实，坚持最难的地方，是要学会聪明地放弃一些东西。

如果你要坚持锻炼减肥，就要放弃临时被约的饭局；如果你要坚持每天学英语，就要放弃忽然爆红的网剧。因为，你不可能一边吃着大鱼大肉一边减肥，更不可能一边沉迷在偶像剧中一边背着单词。

这些放弃，往往意味着更换另一种生活状态，并且养成习惯。而习惯一旦养成，坚持就变得容易了很多。

到底怎么样才能坚持下来？人为什么会这么容易放弃？是自己意志力不够强大吗？

我们常常在年初的时候满怀激动地许下宏伟壮丽的目标，却在年终的时候无奈地摇摇头,然后自己责怪自己:坚持太难了。

坚持难吗?

难。

可是,为什么有人可以坚持下来呢?可能,不是他们的意志力比你强,而是他们养成了习惯。

我在2014年初决定当年读够至少50本书,于是我在决定当天就买了20本书,放在最显眼的地方,如果不看就觉得买了好可惜。我每天用闲暇时间读一点,我把每天晚上十点到睡前的时间挤出来看书做笔记,那段时间一定关掉手机,安静地阅读。

我先坚持了一周。那一周,好几次想打开电脑或手机跟人聊聊天,或者出门看看电影,吃点大排档,但我都忍住了。又坚持了第二个星期,十四天后,我开始养成了习惯。接着,每天如果不在这个时间读书就总觉得少了点什么,它成了我生活的一部分。

坚持就是这样,前几天难受,一旦成了习惯,就变成了下意识。不必刻意鼓励自己要坚持,自然,就能简单很多了。

3

刚刚过去的一年里,我见到了许多有趣的案例:一个朋友每天坚持写作,然后出了一本书;一个朋友每天早读,结果托福考了110分;一个朋友坚持健身,年底秀出了八块腹肌的照片。

他们并不比我们聪明,他们只是能够坚持,并且敢在生活中做减法。

那个每天写作的朋友,就算是在聚会时也带着电脑,一有空就无趣地写着一些东西;那个考托福的同学,成天不修边幅,几乎半年没有买过一件新衣服;那个健身的朋友,自从决定坚持后,就再也没在晚上和我们喝过酒吃过夜宵。

有人说,这世界的美好都来源于坚持。坚持一天容易,坚持一周也不难,难的是坚持一年。也有人说,其实不然,人毕竟是有惯性的,坚持个十几天,自然就养成了习惯,剩下的,交给时间就好。

那为什么你听了这么多道理,还过不好这一生呢?

因为你只是听,而有些人,他们在做,而且已经开始坚持了。

所以,你要不要也从今天开始决定坚持点什么?先定个努力就能实现的小目标,养成好习惯,一年后,当你回头再看,会有什么感触呢?

新年快乐!愿你在新的一年里,能坚持自己喜欢的事情,变成一个不一样的人。

美好的日子给你带来快乐,阴暗的日子给你带来经验。生活坏到一定程度就会好起来,因为它无法更坏。努力过后,才知道许多事情,坚持坚持,就过来了。

你习惯晚睡，你喜欢发呆，你没什么坚持的动力，你也觉得很难做个开心的人，你无法忍受那样的自己，又深知没有能力改变。你别害怕也别试图强迫自己，世事无常，总该有一段日子是用来浪费，总要有无能为力的不愉快，在一切变好之前，给好运一点时间，在今后闪闪发亮的时候你会感谢这些糟糕的日子。

你每天的坚持都不会浪费

1

我一直觉得博叔完全是个人生赢家。

28岁之前，他的人生好像一辆直达车。老师满意，父母骄傲，朋友羡慕，同学嫉妒。本科土木，硕士旅游，目前工程管理博士在读。做过外贸，干过石化，当过导游，带着一群黑脸白脸黄脸的人各地游走。现在专职大龄学生党，兼职背包旅行客。

得空练得一手好字，画几幅小画。大多数时候，都是独自一个人，背着一个大包，带着一台相机，穿梭山川湖海，停留于烟火人家。

这一年，他边走边学，去了11个城市。在路上，他遇到一些想要逃脱职场的小年轻。有些人迷茫，有些人困惑，有些人觉得每天很累，却依旧一事无成。

博叔说，古人告诉我们，要学会吃苦。吃得苦中苦，方为人上人。但是，很多时候这个苦吃了，是不是有意义，只有你自己明白。

职场上，没有眼泪，也不相信苦劳，只有功劳才能衡量你的价值。随时记得提升自我价值，为你自己创造价值，为企业创造价值。还有，如果一个地方一年下来依旧只让你做杂事，根本没有提升自我价值的学习机会，这个时候，也应该适时停下思考未来想要走的路了。

博叔一直是个高效能的人。前两年在一线城市和一众年轻人厮杀，他有所得也有所失去。他明白，所有的幸运都是努力的结果。在职场上，他专注，忍耐，拼搏；在生活中，他随性，自在，洒脱。

后来，很多人都疑惑，为什么他放弃了那么高薪的职位，又回到学校。

他笑笑说，关于生活，有钱有闲是一种，活得简单、心安也是一种。

所有人都觉得他是一个潇洒的人。用他自己的话来说，人生跟你共度最多的还是你自己，所以尽力让自己成为一个有点意思的人吧。

他热爱他的工作，所以拼搏。他热爱他的生活，所以努力。也许，正因热爱，才会得到自己想要的自在。

这一年，他去了这么多城市，看过那么多风景。在路上学会了法语，在路上兼职赚钱。

也许不是每一种人生都金光灿灿，但是，这样的人生却是他想要的。这一年，他说，过得还不错。

他走到哪都会带着《小王子》这本书。圣·埃克苏佩里在书里告诉所有的大人，生活才不是生命荒唐的编号，生活的意义在于生活本身。

2

小泽回到三线小城，找到了一份工作。

这一年，对她来说是挺折腾的。这一年，她换了两份工作。这一年，她成了别人眼中"不务正业""不思进取"的人。

在第一份工作离职的时候，HR姐姐说，你这样的人放在北上广分分钟就是死。小泽非常不理解，难道去了北上广吃苦的人生就是好的？不能承受北上广压力的人生就是坏的？

她家在三线小城，有爱她的父母，家境虽说不上富裕但也还不错。虽然回到了小城，但是工作后的她从未没有拿过父母的钱，靠着自己的能力，交房租，养活自己。靠着写点小文章，每月会多个几百块收入，还能邀请三两好友下个馆子，喝点小酒，吃点小肉。

她一直不明白那位HR对她说的话，她不明白为什么一定要去大城市拼搏才算是拼搏，小城市的努力难道就没有意义吗？她也不明白，在小城市生活的人生就是浪费吗？她不想去北上广就是没上进心吗？

她不明白，却也不在乎。因为，她知道这一年自己过得还不错，虽然折腾地换了两份工作，但是每一次都有所成长，有所收获。刚毕业的她，现在的工资收入已经能养活自己了；每个周末都能回家，吃顿爸妈做的饭菜，陪他们聊聊，偶尔还能出去旅行。她很满意这样的状态。

她说，这一年最开心的就是拿到了稿费。那是别人瞧不上的小钱，但是积少成多，一年下来，终于能给妈妈买一件不错的衣服了。

这一年，她回到小城市。没有血雨腥风的厮杀，但是，她依旧在努力。努力让自己变得更好，努力让自己变得更专业。

就像作家麦家所说，生活大半的意义在于寻找和发现生活的乐处，不用着急追赶，时间会毫无保留地把未来给你，把年老给你，把智慧给你。

嗯，自己的人生，就让自己来定义吧。大城市，或者小城市，只要是你追求的，便是你自己的人生。

3

你呢？这一年，你过得怎样？年初定下的目标，现在是否都完成了？

无论是在北上广，还是在小城市，你是否一直在努力，不曾辜负这一年的时光？

很多时候，我们总觉得日子不如人意，生活上一团糟，工作上一事无成。有迷茫，有苟且，被否定，被怀疑。但，如果你还是那个努力向上、生气勃勃的自己，不也是一种成长吗？不也值得鼓掌吗？

　　就如哲学家尼采说的那样：也许你感觉自己的努力总是徒劳无功，但不必怀疑，你每天都离顶点更近一步。

　　然而最怕的是，你没有任何计划、没有思考地去努力，那也许都不算努力，只是看起来很努力。

　　这一年的余额不足10%，希望，我们都能大声说，没有浪费今年的美好时光，我们都能成为更好的自己。

　　欣赏拥有好习惯的人，比说每天按时跑步，每晚坚持读书，或是每顿早餐都喝一杯牛奶，这种习惯可小可大，但它标明了一种清洁性的自律，也表达着对生活的一种偏执，它有某种程度的强迫性，但也因为此，它使人的生命质地有了不同。如果还没有找到为之奋斗的目标，那么先从坚持一个好习惯开始吧。

> 所有牛逼背后都是苦逼堆积的坚持；所有苦逼都是傻逼般的不放弃。只要你愿意，并且为之坚持，总有一天，你会活成，自己喜欢的那个模样。

现在一事无成并不代表着将来，你想要的总有一天会到来

1

有个朋友找我聊天，说自己都毕业三年多了，还一事无成。眼看着再过一个月2016年就要过去了，自己还和年初一样，制定的计划没有好好完成。

她说，自从毕业以来，每天忙着工作，忙着兼职，经常晚上搭地铁回出租屋时，站着都能睡着。回来的时候已经累得不行了，还吭哧吭哧地看起书来。可三年过去了，工作毫无进展，加上年岁增长，家里人已经不止一次电话过来，让她回家去相亲，特别是这段时间，逼得越加紧了，甚至已经将她过年回去的每一天都约好了不同的相亲对象。

当年的她一个人背着行囊，来到这座陌生的城市，以为自己可以大展宏图。但现实是，通过绿色贷款才勉强把大学读完；为了挣生活费，每天只睡几个小时……

说到动情处，她不由得哭了起来，她望着我发问："为什么我会这么失败，一事无成？"

本来我准备了很多劝导她的话，可听到她这一问，顿时感到很心疼。心疼一个姑娘靠着自己的努力一点点地进步，每走一步都很艰难。可听到她熬过了那么多孤独的不眠之夜，又打心底佩服她这份独立和勇敢。

可是，她努力过后，却忽视了自己的成绩，焦虑紧张得不能自已，只用一事无成来定论年纪轻轻的自己，又让我感到一丝悲哀。

到了嘴边的规劝，变成了一句：你还那么年轻，别着急给自己贴上"一事无成"的标签。你看你这三年，努力阳光向上，该做的事情都做得有条不紊，没有升职也只是暂时的。

眼下让你感到焦虑抑郁的是家里人给你带来的一些压力，这可能是因为你没有好好地跟父母沟通。他们怕你过得不好，这都是父母正常的心理。谁不想自己的儿女过得幸福健康呢？

对于这样的事情，你首先要相信自己，去跟家人沟通，让家人也相信你可以处理得很好。那么自然而然地，你的这些压力、焦虑也就变淡了。

2

我的一位同事莎莎，毕业那年也是一无所有，同班同学很快都拿到了属于自己的实习岗位通知书，而她投了上百份简历却毫无音讯。无奈之下，她一个人揣着几百块钱，拿了几套衣服，直奔深圳。

出生在小地方的她只有一个梦想，就是多赚钱，可以让家人过好日子。可是，来深圳一个星期还没有工作的一点讯息，身上的几百块钱却真的就要用完了。

她所能想到的就是，放弃自己的本专业，收起学历学位证书，到超市应聘女装促销员。管吃管住，就是工资低，但是能够解决眼下问题的也就只有这一个办法了。

她在女装店上班时总有个习惯，每次看见上店里来试衣服的姑娘，都要详细记下姑娘的外貌，以及选衣风格，当这些人第二次来的时候，她就能够熟练地推销适合对方的衣服。甚至,她还学着在网上推销衣服。这样一段时间后,她的业绩大家有目共睹,她很快就被提拔成了店长。

慢慢地,老顾客都愿意跟她聊天,不仅仅是因为她能够推荐适合自己的衣物,还因为眼前的这个姑娘能给人一种真诚的感觉,所以大家都愿意相信她。

可即便是店长,也很无奈。她的同学一个个做着白领,领着成千上万的工资,而她的心里还是觉得有落差。在同学聚会那一刻,她借口自己很忙,没有去参加。

后来她告诉我,那时候的自己觉得人生太失败了,一事无成,害怕别人看出来。

但她并没有一直自卑下去,而是更认真地做事情。后来,机缘巧合,我的上司都是从她那儿买衣服,跟她很谈得来,她便成了上司特邀加入我们公司工作的伙伴。

莎莎曾说,现在回过头去看看自己的过去,觉得自己最傻的行为就是太早在自己的心里下一事无成的定论了。但比某些人好一点的是,这种消极的态度没有持续太久,她更卖力地去完成自己认为该做的事情。

3

仔细想想在几年前最失意的时候,我也曾给自己贴过这样的标签。在最想拥有最好的时候,没能够拥有,就觉得自己的人生太失败了,觉得自己一事无成,而后陷入无止境的愧疚、压抑中,到最后无法自拔地抑郁。

这种心理暗示不过是一句话而已,当时却没有意识到它竟会拥有十足的潜在杀伤力。可即使一件事情不会美好,我们也着实没有必要过早地为自己贴上一事无成的标签。

一个人在哪里展现他的价值,是需要时间的。大器晚成者多的是,别总拿张爱玲的"成名要趁早"来说话,因为你不是那个人。你要明白,现在一事无成并不代表着将来,你想要的总有一天会到来。

而你,也会越沉淀,越光芒闪耀。

如果你足够勇敢说再见,生活便会奖励你一个新的开始;如果找不到坚持下去的理由,那就找一个重新开始的理由。你只有走完必须走的路,才不会辜负心中梦想的声音。

每个人真正要强大起来，都要度过一段没人帮忙、没人支持的日子。所有事情都是自己一个人撑，所有情绪和思想都是只有自己知道。但只要咬牙撑过去，一切就不一样了。无论你是谁，无论你正在经历什么，坚持住，你定会看见最坚强的自己。人活着不是靠泪水博得同情，而是靠汗水赢得掌声！

学会在不计回报的寂寞时光里去积淀和积累

昨天，我在家待了一天，从早到晚，拖鞋都没换。盯着电脑，看着屏幕改课件。从早上八点，到晚上十一点，一动没动，除了喝了一杯浓浓的咖啡，丝毫未进食。

夜深人静，忽然发现肚子饿了，于是起身出门，开门刹那，发现天早已黑透，熟悉的小店都关了门，我晃晃悠悠走到便利店买了一个面包，在路边就吃了起来。

我教了五年四六级听力课，学生的评价一直不错，这次四六级听力改革，我讲了五年的课要打乱重排。这几天，几乎每天在刷题，然后盯着电脑做ppt排版，接着剪音频编号，最后查阅大量资料引申知识点。其实在课上一个小时，背后至少要花出十倍或者更长的寂寞时光。

我蹲在马路边，看着夜色，眼圈红了，忽然明白一件事：这世界上所有光鲜亮丽的背后，都透着无比都寂寞。但每段平静安详的努力之后，都映射着人生轨迹的跳跃。

刚开始当老师时，我不知道如何备课，以为我的应变能力很强，想，课上不过两个小时，只要我保持精力充沛逻辑清晰，仅仅是两个小时的演讲，对我来说绰绰有余。

第一堂课，我自信地走进教室，讲完后，却垂头丧气地看着台下横七竖八的学生。我背着包，走进教师休息室。

后来明白，台上不可控的东西太多，这世上哪有什么平白无故的横空出世，不过都是经过精心准备的必然结果。

后来，我把每次课对着墙讲十遍，用录音笔录下来反复听，每个知识点查阅大量信息，甚至课上的每一个段子都写下逐字稿，连停几秒都提前演练。终于，学生的评价开始明显好了起来。

一次在教室休息室，我看到了一个非常受欢迎的前辈，他问我，看学生对你的评价很好啊，你两小时的课一般备课多久，我自豪地说，至少20个小时。

他猥琐地笑了一下，说，我备40个。

这些正能量的人在我身边给了我无穷的动力，这世上最可怕的就是比你聪明的人还比你努力。我开始明白，只有偏执狂，才能创造卓越。你很难想一个人。

在夜深人静时，喝着咖啡40个小时一遍又一遍跟自己死磕的寂寞。那些安静的夜晚，只因他的心中有一颗照亮自己的太阳。

的确，只有耐住寂寞，才能看到曙光。

上大学那几年，我认识了一个警校的大学生，英文和口才一等一。在英语演讲现场上，评委现场问的问题，他对答如流，仿佛准备了很久。

之后，我问他是不是学英语专业的。

他说，不是，他是学刑侦的。

我问他，那你英语和应变能力怎么这么好。

他告诉我，一开始没人教他怎么练口语，更没老师给他捷径和方法。于是，他笨重地把托福口语题库里面几千道题每一道都背一遍。

我听呆了，于是问：你花了多久？

他说，一年多吧，从大一开始，一直到快大三了。那段时间，几乎没参加任何活动，甚至没有太多社交，平时休息的时间基本上都在图书馆和没人的角落里咆哮着度过。

我很难想象他耐住了多少寂寞，直到这些年，我看到他横扫了很多电视节目，许多人夸他口才一等一，说他是演讲天才。他总是不开心的回应：你才是天才。

我终于明白，这些寂寞的日子，终究会得到回报。

这是个快餐的年代，快到你总希望今天努力明天就要有结果；快到你总喜欢明天考试今天才开始复习；快到你总觉得今天跑步明天就能减肥成功。

可是，就算是再快的年代，也需要平静不计回报的寂寞时光去积淀，去一步步安静的积累，随着时间的堆积，才能有明显的改变。

一个人坚持跑步一周不难，坚持学英语几天不难，难的是把优秀养成习惯，坚持7、8个月，坚持一年，坚持更久。

这世界其实可以很公平，你想一年减肥十斤，最好的办法就是少吃饭。

你想三个月呢，少吃饭，多运动。

你想一个月呢，不吃饭，狂跑步。

可如果你想一天就减肥十斤，恐怕除了节食之外，就要抽脂、动刀了。

学习也是这样，为什么我昨天看书了文化素养还是没有提高；为什么我这两天背单词了英语还是没有突破；为什么我昨天突击了，考试还是没过。

那些闪着光芒的人，谁知道他在阴暗的角落里遭受过多少寂寞。

那些在台上辉煌的人，谁知道他经历了多少无人问津的努力。

这世上没有毫无理由的横空出世，世间的美好，不过是耐住寂寞，坚定不移而已。你要相信，时光，不会辜负每一个平静努力的人。

有些路，走下去，会很苦很累，但是不走，会后悔。没有哪件事，不动手就可以实现。只有坚持这阵子，才不会辛苦一辈子。最终你相信什么就能成为什么。因为世界上最可怕的二个词，一个叫执着，一个叫认真，认真的人改变自己，执着的人改变命运。

当你很累很累的时候，
你应该闭上眼睛做深呼吸，
告诉自己你应该坚持得住，
不要这么轻易地否定自己，
谁说你没有好的未来，
关于明天的事后天才知道，
在一切变好之前，
我们总要经历一些不开心的日子，
不要因为一点瑕疵而放弃一段坚持，
即使没有人为你鼓掌，
也要优雅地谢幕，感谢自己认真地付出。

咬咬牙，你还能再坚持

1

每天早上，在深圳的地铁站里，有这么一群人，他们早早地在地铁站口，手里拿着报纸，将报纸派发给纷纷路过的每一位乘客。

走过的人，几乎都会人手拿一份，一边看着报纸，一边等着地铁，有些人上了地铁之后，仍然会挤在狭小的空间里微微打开报纸在浏览。

而在每个地铁站的出口处，也总是有这么一些人，他们在地铁口等候着每位乘客的到来，然后，收下别人已经浏览过的报纸。回收的报纸，拿去当旧报纸进行售卖，赚点小零钱。

每天到公司附近的地铁站出口，我都会看到两位六十多岁的老婆婆，站在同个出口，等待着乘客手中的报纸。

其中一位婆婆长得微胖，皮肤白皙，每次总是脸上带着笑容，笑嘻嘻地接过别人手里的报纸，然后很礼貌地跟别人说："谢谢"。

而另一位婆婆，长得瘦瘦的，也比较黑，但是，她比较凶，总是会站在笑嘻嘻地那位婆婆的前面，先抢过别人手中的报纸。

在这场抢报纸之战中，黑瘦的婆婆占据了比较好的优势，但是，白皙的婆婆却从来不反击，还是依旧每天站在固定的位置，面带笑容，笑嘻嘻的等待着别人把报纸给她，每接过一份报纸，她都会微微弯下身，跟别人说："谢谢"。

看着两位婆婆的抢报纸之争，我挺心疼白皙婆婆的，她给人一副安静祥和的态度，与世无争的感觉，每天却总是拿到很少的报纸。所以，每次手里拿的报纸，我都会给她。每次，她拿过我手中的报纸，脸上都会露出开心的笑容，身子微微鞠躬向前倾，跟我说："谢谢"。每天一大早，看到婆婆的笑容，心情都格外的好。

每天，我风雨无阻地坐着地铁去上班，固定的时间点出发，固定的时间点到达公司附近的地铁口，而每天，两位婆婆也是一样，固定地出现在同一个位置，做着一样的事情。

日复一日，一个月一个月地过。我看到两位婆婆都是拿着一个大大的购物袋，将报纸装进了袋子里，然后，等到袋子装满了，再背着一袋报纸回家。

可是有一天，我走出地铁站口，却看不到那位黑瘦的婆婆了，我以为她是因为忙碌，所以休息几天再出现。

但是，日子一天一天地过，从那天之后，却再也没有看见黑瘦婆婆出现过。

有一天，我比较早从家里出发去公司，当将报纸拿给白皙的婆婆的时候,我顺便问了婆婆:"另一位婆婆怎么没来了呢?"

白皙婆婆跟我说:"她觉得每个月拿的报纸卖不了几个钱,又辛苦,就不来了。"

我笑嘻嘻地对婆婆说:"那现在没人跟你争报纸了。"

婆婆依旧是笑嘻嘻的,什么也没说。

我挺佩服这位白皙的婆婆的,不管风吹雨打,每天早上,固定的时间点,固定的位置,一直在默默地坚持着。

两位婆婆的抢报纸之争,两位婆婆的变化,其实就像在我们生活中,不管做什么事情,总会遇到各种各样的对手,或许会遇到像黑瘦婆婆一样凶悍的对手。

可有时候,我们并不是被强悍的对手打败,而是被自己的轻易放弃而打败。

有些人觉得自己跟别人做一样的事情,劳无所获,没有别人收获得多,所以便放弃了;

有些人因为收获达不到自己的预想,觉得辛苦劳累,所以也放弃了;放弃很容易,因为容易,很多人也会渐渐的趋向于去做容易的事情,渐渐地,只剩下一部分人在坚持,而正是这些坚持下来的人,会有更大的收获。

2

我想起了大学期间认识的两位朋友,小华跟林莉。

她们从高中开始便认识了,在大学,又刚好在同一所学校里面读着一样的专业。两个人整天形影不离,关系非常好。

正值开学期间,很多社团都在招新,林莉看到了舞蹈协会在招新,兴奋不已,一直想要学街舞的她,便拉了小华一起去报名参加街舞的课程。

每天下午下课后,她们都需要去舞蹈室排练。一个简简单单的甩头部动作，她们需要练上两三节课，还有其他各种各样的基本动作。

前面一两个月的时间里，在舞蹈老师的带领下，一直在练习着各种最基础的动作。

小华觉得练了这么久，连一段基本舞蹈都没学会，感觉学街舞是一件很难的事，也觉得很没意思，所以，对这个舞蹈课也渐渐地失去了兴趣，基本动作也练得越来越不上心。最终，干脆选择放弃，不再去排练了。

林莉怎么拉扯，都扯不动她，最终，只能自己一个人默默地坚持去练习。而她，在下课的时间里，回到宿舍里，默默地煲着各种各样的电视剧。

不管时间怎么忙碌，不管风吹雨打，林莉都坚持去排练，默默地坚持了半年后，终于可以完成基本的舞姿。她兴奋不已，更加信心满满的练习着。等到舞蹈协会的社团表演的时候，她甚至被派上场去参加表演。

曾经羡慕别人能够成为观众的焦点，站在舞台的中央表演的她，如今，也已经可以成为别人的焦点，站在人群中表演。

她一点一滴地练习，一点一滴地坚持着，最终，渐渐地靠近了自己的目标，自己想要的东西，也慢慢实现了。

别因为难，就放弃了坚持，就选择放弃。想要学有所成，想要收获，就必须要努力地去坚持。

很多人一开始信誓旦旦地说要把某件事做好，可是，刚开始不久，便编出各种各样的理由，罗列出一大堆的借口证明自己是因为各种忙，因为各种情况，最后选择了放弃，来给自己一点心理安慰。

其实，每个人都会很忙，每个人的时间也都会不够用，坚持挤时间去做一件事很难，但是，因为难，所以你才要去做，你想要变得跟别人不一样，你就必须努力坚持到底。

想起之前在网上看到的一个视频，一只母鸭子，带着一群小鸭子外出。

母鸭子先爬上了楼梯，在顶层的楼梯口站着等着身后一群小鸭子，而那群小鸭子却因为太矮小，一直没办法登上楼梯。

为了能够爬到顶层，跟随着鸭子母亲前行，她们一直不停地跳着、跳着，一直往上跳。一次次地向上登跳着，可是却一次次地失败，失败后又继续一次次地向上跳。

虽然只有短短的三层楼梯，但是，小鸭子每次跳上一个台阶，都要跳上无数次，每跳上一个台阶，都是那么的不容易，每一次登跳，都需要耗费全身的力气。

然而，一群小鸭子却让人出乎意料，没有一只选择放弃。无论跳得多么艰难，它们都不停地在登跳，无数次的失败，又无数次的尝试，无数次的努力，最终，一群小鸭子终于纷纷地跳到了最上面的第三层台阶，投入到了鸭子母亲的怀抱。

每当我自己做一件事的时候，坚持不下去时，脑海中都会浮现出这个鸭子跳台阶的场景。想到小鸭子们为了能够去到自己想要的地方，一直不放弃，一直在努力地朝着自己的目标努力，最终终于去到了自己想去的地方，那我们还有什么理由不坚持，不努力呢？

3

蔡康永说："15岁觉得游泳难，放弃游泳，到18岁遇到一个你喜欢的人约你去游泳，你只好说'我不会耶'。18岁觉得英文难，放弃英文，28岁出现一个很棒但要会英文的工作，你只好说'我不会耶'。人生前期越嫌麻烦，越懒得学，后来就越可能错过让你动心的人和事，错过新风景。"

想要学会一件事情，需要不断努力，而这个过程，需要不断地坚持；想要有所收获，需要你不断付出，而这个付出的过程，需要不断坚持；想要探索清楚一件事，需要你不断摸索，而这个过程充满重重困难，需要你不断坚持……

没有坚持，一切皆是半途而废。

坚持的过程，很累，很痛苦，也很难，而选择放弃，是非常轻而易举的一件事，只是选择放弃后，你便也放弃了你自己想要学习的事情，你想要到达的远方，也将会成为你梦想的泡影。

　　不要等到老了，等到某件事派上了用场，你才想着去学，不要等到那个时候，却为时已晚了。

　　趁年轻，不要轻易放弃，自己想要学的东西，自己想要到达的远方，咬咬牙，在当下好好的坚持吧！别动不动就选择放弃！

　　每个人心中，都有一个梦，艰也要面对，难也要坚持，因为执着；每个人心中，都有一条路，坎也要面对，坷也要坚持，因为已选择；每个人心中，都有一份累，痛也要面对，苦也要坚持，因为坚强；每个人心中，都有一份苦，郁也要沉默，闷也要坚守，因为无人释解。

生活给了一个人多少磨难，日后必会还给他多少幸运，为梦想颠簸的人有很多，不差你一个，但如果坚持到最后，你就是唯一。在所有的困难面前，如果你是能够在众人都放弃时再多坚持一秒，那么，最后的胜利就一定是属于你。

这世上的绝大多数事情，都是唯坚持不破

1

前几天，时间管理班有个小伙伴对我说，管理好自己的时间以后，这段时间忽然就闲了下来，觉得怪怪的，问我要怎么办。

我愣了一下，然后回答她：轻轻松松难道不好吗？

这个回答，好像是与大环境不符的。这是个什么环境？这个环境是人人都以忙为荣。一群人聚会，人人都嚷着自己有多忙，弄得不忙的人都不好意思开口。

无论是看文章还是听别人的分享，推崇的都是那种悬梁刺股型的努力，有人每天睡两三个小时，有人从来不过周末，有人在地铁上学英语，有人在孩子的哭声里写作。

首先说明，我对这类人非常佩服，他们在没有时间的情况下，挤时间依然在为梦想而努力，真的很了不起。

但扪心自问，我做不到，我相信绝大多数的人也做不到。

我一天睡不够八个小时，就会打瞌睡；在不安静的环境里，我就没有

办法专心；一到周末我就想休息，哪怕是半天；孩子哭闹的时候我什么都做不了；我也不能在地铁上看书；甚至，我都没有办法一边运动一边思考。

像我这种人，是不是就罪该万死呢？

其实我是个急性子，特别急，用我妈的话说，就是"恨活"。意思就是，一看到活儿就恨不得立即马上全部做完。

2

我最初开始全职写作的时候，真的非常非常努力，就是那种悬梁刺股型。每天早上六点起床，不洗脸不刷牙，先打开电脑。一个上午坐在那里不动，中午连做饭的时间都没有，还要跑去吃食堂。下午又是在电脑前坐半天，晚饭随便凑合，丢下碗就拿起书本。

那时候没有人逼我，但是我自己逼我自己，每天都工作八小时以上。晚上从来没有在凌晨两点前睡着过，即使躺在床上，脑子里想的依然是写作的事情，偶尔半夜做梦，还会爬起来记录下来。

我要求自己每个月至少写十万字，只要脑子里有东西，我一天到晚都在写写写，恨不能一天写十篇。当然，没有东西写的时候，我就疯狂看书，疯狂看新闻，各处找素材。

周末当然不可能过，一个什么成绩都没有做出来的人，有什么脸面过周末！

整整半年的时间，我都是这么兵荒马乱，忙乱不堪，比霸道总裁还要日理万机。

结果是什么呢？结果是视力急剧下降，每天焦虑不安，掉头发，长斑，脾气越来越坏。如果前一天把素材都写完了，这一天一个字都没写，我就恨不得拿把刀捅死自己。

我觉得我很努力了，你看我都忙成这样，都把自己感动死了。可是那半年，我真的没有什么成绩，唯一的一点成绩，也不过是在报刊上多发了几篇文章而已。总的来说，发表量依然少得可怜。

后来我决定调整，也是因为看不到希望。反正已经这样了，大不了我再出去上班就是了。我重新规划了时间，规定自己每天上午写一篇，下午写一篇，哪怕我有一百个素材，也每天只写两篇。我不再苛求自己每天无止境地写下去。

一旦把任务量化，人就忽然变得轻松了很多。每天看看新闻看看书，轻轻松松找两个素材，再花两三个小时写出来。不用工作八小时，而且没有太大压力，有时间做一顿美味的午餐，也有时间听听音乐打打电话。

这样的计划，我执行了三年，而且后面养成了习惯，越来越轻松。那时候，我从每天工作八小时以上到每天只工作四个小时，而这四个小时的时间，却给了我意想不到的结果。

每年发表一千四百篇文章，就是这每天的四个小时创造的价值。

3

后来随着纸媒的没落，以及我自己要转型，我决定每天只写一篇文章，于是现在我每天只需要工作三个小时。如果不做别的，我简直是周围最轻松的人。

我每天晚上十一点之前睡觉，每天午休，每天运动，每天早上六点半起床，写一篇文章，做与工作相关的各种事情。下午是自由活动的时间，可以看书，可以写长篇，可以做任何自己想做的事情。

这几年，我真的是越来越闲了，但我积累的东西却越来越多。原因只有一个，那就是我一直在坚持写，不管是两篇还是一篇，我从来没有一天放弃过。我坚持了五年，水滴石穿，铁棒也要磨成针了。

所以我经常对身边的人说，你不需要忙，你只需要坚持就够了。你不需要悬梁刺股凿壁借光，你可以轻轻松松，每天早睡早起，每天浪费光阴，每天到处旅行。只要在这个过程中，你一直在坚持做着你想做的那件事情，你的人生就会慢慢地发生改变。

那种每天只睡两个小时的坚持，可以坚持一天两天，可以坚持一个月两个月，可以坚持一年两年十年八年吗？也许有人能，但那一定不是你和我。

只有精力充沛，每天吃好睡好，有时间娱乐，有时间陪家人，把身体和心灵都滋养得很好，坚持才可能是一件可持久的事情。

对于普通的我们来说，你没有办法每天只睡两三个小时，没有办法放弃一切娱乐，没有办法三头六臂每天应付超多的事情。那我们唯一能做的，就是选中一件，每天坚持做下去。

现在流行斜杠青年，你有那个跨界的能力，当然好，如果你没有，那就老老实实做好一件事情。

我这么说，有人可能会误解。我就是想既学英语又学钢琴，既学舞蹈又学画画，哪个我都不能放弃，你说怎么办？

4

前天就有人在后台给我留言，列了一大堆自己想学或正在学的东西，而且还在做兼职。他说自己特别忙，几乎分身乏术，问我怎么安排时间，才能把这一切事情都做好。

我没有回复，因为我没有办法帮他安排时间制定计划。每天的时间就那么多，而每个人每天可以专注的时间也非常有限。我可以帮你安排，你每天只睡两个小时，然后专注地做好每一件事情。

问题是，你能做到吗？

每天只睡两个小时你受得了吗？每天长时间专注你会分心吗？

答案显而易见。

这个时代崇尚努力，我也崇尚努力，我最擅长的就是励志。但是有一点我们必须明白，我们不是超人，我们精力有限，我们也会想玩想娱乐，我们也会渴求最舒适的状态。人性有很多弱点，每一个弱点都可能让我们在努力的路上缴械投降。

我们想走得更远，想走得更久，最好的办法，当然是减负，而不是不停地把什么东西都放进包里。

只有轻轻松松，每天精力充沛，心情良好，我们才能少些痛苦，才能走得更远更久一点。

努力有时候，不是做加法，而是做减法。

如果你说，你就是想学很多东西怎么办？总不能一辈子就和一件事情死磕吧？

在这个多元化发展的时代，多学点东西当然是好事。你可以一件一件做啊，先专心学一样，这样学好了，不需要再花费太多精力，轻轻松松就能应付了，你再去学另一件。

美食一次吃太多会消化不良，东西一次学太多会压断脊梁。不懂得节制的人，总是伤身又伤心。

所以，不要以忙为标准了。你忙，并不代表你努力对了方向。很多人天天忙，却一无所成，东抓一把西抓一把，今天学英语，明天学写作，后天又要学跳舞，结果什么都没坚持过一个月，什么都是半吊子，有什么用呢？

在这个人人都忙的时代，如果你也很忙，记得要一件一件地去忙，一件一件地去坚持。如果你很闲，也不用不好意思，因为你不需要忙，你只需要坚持就够了。

只要你坚持了，不管忙还是不忙，结果都是一样的。

这世上的绝大多数事情，都是唯坚持不破。

女孩子，拥有独立的人格，懂得照顾好自己，在事情处理妥帖后能尽情享受生活，不常倾诉，自己的苦难自己有能力消释，不因小事随便发脾气久久不能释怀，内心强大而能生出一种体恤式的温柔，不被廉价的言论和情感煽动，坚持自己的判断不后悔。愿你成为这样的人，一个最棒的女人。

CHAPTER

02

不轻易
放弃你的梦想

梦想无论怎样模糊，

总潜伏在我们心底，

使我们的心境永远得不到宁静，

直到这些梦想成为事实才止，

像种子在地下一样，

一定要萌芽滋长，

伸出地面来，寻找阳光。

不后悔曾为梦想全力以赴过

人生这么长

总会爱过几个人渣，经历几次失败

受过一些委屈，咬牙吞下一些苦果

嘿，我知道你很难过

可是你要相信，我在这里陪着你

——安安

　　小时候以为长大了是最幸福的事，不用写作业，不用站在老师眼前背课文，可以不顾父母反对吃很多根冰棍，可以光明正大地牵女孩子的手，可以做自己想做的事，例如那时候称之为梦想的东西。

　　后来长大了，才恍然间醒悟，原来成长和时光之间隔着触不可及的梦想。

　　小时候过家家，喜欢那个姑娘，就和她分别演爸爸妈妈，像大人一样，牵着手去市场买菜。长大了才发现，原来结婚不像想象中一加一等于二那么简单，烛光晚餐下还要衬托柴米油盐的烟火气。

　　小时候喜欢唱歌，就嚷着嗓子四处嘶嚎，大人们总是笑着摸摸你的头，嗓门真大，一看就是歌唱家的料子。长大了，爸爸妈妈开始面带严厉地警告你，快高考了，别整天不务正业，唱什么唱，不耽误事啊。

　　小时候觉得妈妈做得菜真好吃，脑子里想着，以后自己要是能做厨师就好了，可以把美好的东西分享给全世界的人。后来啊，你总能听到亲戚朋友背着你议论，做一辈子厨子能有什么出息，真是一点大志都没有。

　　曾经明明相当一个作家，连签名都在私下偷偷练习了很多次，草稿本上写下了无数个故事，可是后来却学了金融，做了销售。想起年轻的时候，写满一个又一个本子的温柔故事，难免有说不出口的遗憾吧。

　　如果能像电影画面里一样，仅仅很多年以后这一行字幕，就能梦想成真，想要的都拥有，得不到的都释怀，那应该很美吧。

　　但生活永远都不会给我们这样的机会，走出的每一步都要我们清清楚楚地去经历，遇见的每一个两难选择都要我们自己去取舍。时光里的点点滴滴，都将记录着关于未来的蓝图，而它是我们饮冰十年也难凉的滚烫热血，一笔一画写下来的英雄梦想。

　　所有的梦想都需要我们全力以赴，就算一路无人陪伴，我们也要磕磕绊绊咬牙走下去。

　　晴天从初中开始就喜欢写东西，我们称之为班级最八卦，她自己则称它为未出版小说。

　　小雨写的小说，内容是我们班级故事的扩充，例如班上谁和谁在一起了，他们以后会怎样，被老师发现，通知家长……要不然就是笑话爱上校草的狗血剧情。

那时候还没有电脑，手机一系列电子产品，晴天就在草稿本上写了一本又一本，然后用订书钉装订起来，变成厚厚的一本，再用白纸包个书皮，一本新鲜出炉的班级外传就诞生了。

晴天是她的笔名，就像她笔下的故事一样，无论开始时如何扑朔迷离，过程是如何历经艰辛，最后一定会给我们一个幸福美满的大团圆结局，就像日复一日的天气，最开始总是看不见太阳的阴雨霏霏，最后一章肯定是灿烂如火的艳阳天。

晴天写小说写的多了，班级里就流传着好多本，包着白色书皮的原创小说，今天传给你看，明天传给我看。

晴天写了很多故事，那些信件像雪花般纷纷撒到各大杂志社，不过毫无例外，全部都石沉大海，音讯全无。

那时候我们学校有个制度，倒垃圾的人不用去课间操，倒完垃圾就可以回教室待着，因为大家都不愿意倒垃圾，又脏又臭又累，跑的又远，所以不用出早操算是一个福利吧。

晴天为了把出操的时间剩下来写小说，每次都抢着去倒垃圾，卫生委员每次看到晴天眼睛都要笑开了花。

有次恰巧轮到我和晴天倒垃圾，路有些远，垃圾桶里装着满满当当的废弃物，我两抬着都有些累，晴天的额角开始冒出细密的汗珠，不过依昔能感受到她的快乐就像天空上飞翔的小鸟，自由切随意。

往回走的路上，我有些好奇地问她，以后是想当作家吗？这么拼命写着小说，说不定就是下一个韩寒，郭敬明呢？

她冲我温柔地笑了笑，淡淡地说道，不用成为韩寒郭敬明，我成为我自己就好了啊，我这么认真的写字，不是为了要成为谁，只是因为我喜欢，做一件自己喜欢的事情，就算做一辈子都会觉得很开心。

她眼角弯成了一轮月牙，好看得不得了。

在我记忆里，晴天一直是个很乖巧的女生，就算私下写着这些自己称为梦想的东西，也绝不会违背老师和家长的心思。

可我万万没想到，多年后打听到的消息竟然是她一个人背着行囊去了北京的某家出版社。

对，在我们都被高考这道门槛压成炮灰的时候，晴天孑然一身去了北京。

说实话，我听过很多追梦赤子心的故事，可那都是在书里，在别人的故事里。在现实生活里，大多是想反抗却不敢发声尚在襁褓里的稚子。

我们不甘心被生活所胁迫，却又不得不低头，低声下气地说赔满笑脸安慰自己这就是人生的本质。

可终究有人和我们是不一样的，就像晴天，把人生活成一首烂漫多彩的散文诗，人们在人间的牢笼里高声喊着向往自由，她却行走在无边沙漠追求着自己喜欢的东西。

有次在QQ上聊天，我羡慕而感慨地和她说，真幸福啊，想不到你勇气这么大，孑然一身闯世界啊。

过了很久，她都没回复，我也没在意，忙别的事情去了。

第二天看到回复的时候，她发来很长很长一段话。

"有时候啊，很多事情，表面上看起来风光无限繁花似锦，可内里情况，除了自己，说又能说得清楚呢？一开始没工资，为了省钱只敢住地下室，连窗户都没有，如果没有手机，不看时间，连白天和晚上都分不清。为了省钱，在北京的第一年除了第一天从没打过车，每次都走路过去，太远的话，就挤公交……"

后来晴天回忆起那段时光，生活是贫苦的，可内心是丰盈的，大概是因为做些喜欢的事，如何熬不下去的过往都咬牙熬下去了。

如果你一直坚持做的事，可能一辈子都没什么大成就，你还会坚持么？

在如今这个功利的世界里，无论你做什么，大家都会问你，做那个能赚钱吗？做那个以后会有出息吗？

却从来没有人问过你，你喜欢吗？做这份工作你开心吗？

第一个问题我曾经问过我一个兄弟。

他家挺有钱的，做古董买卖，身家上亿，出门就是豪车美女云集。

不过认识他的时候，他和我一起在北京吃土，不算是吃土，还是能买点花生米一起和两罐啤酒的，然后一起吹吹牛逼憧憬下未来，满眼发光地想象着以后的生活。

那是我毕业的第二年，成了一个名副其实的北漂，拿着紧巴巴的工资，交了房租就剩饭钱了，出门吃饭还不敢点肉。

他呢？

我一直以为他就是流浪青年，组了个乐队，每天各大酒吧的跑，像情人节这样的日子，他们一晚上跑三四场，平时生意不好就在各大天桥底下，地下通道里卖唱，尽力把饭钱挣回来。

那时候他住我隔壁，隔着一个阳台的距离，而我们住的那个地方，是一个即将拆迁却一直没拆迁的城中村，每天都有各式各样的外地人流窜于此地，凌晨两三点都能听到楼下的喝酒划拳声。

他经常凌晨两三点到家，而我那时候还在加班加点改文案，头发一抓掉一把，有一天他突然没带钥匙，然后就想起了我，确切地说，是想起了我家的阳台，他想从我家阳台翻过去。

他抱着试试看的态度敲了敲我家的小门，本来以为都凌晨了是个正常人都应该睡了，可惜我不是正常人，顶着两个硕大无比的黑眼圈和一头乱糟糟的鸡窝头去给他开门。

如果有个人，见过你最丑陋的模样，依旧不嫌弃你，愿意和你一起喝酒吃肉，那就是值得性命相交的兄弟伙了。

他经常翻过阳台，带着啤酒鲁菜一起喝一个，有时候他的乐队成员也会挤在他家那个小屋子，一起买菜做饭看球唱歌，我作为蹭饭的，感到不可思议，这些看起来外表放荡不羁的乐队鼓手，主唱，该有一手好厨艺。

　　我开玩笑的说过，以后你们去开个馆子，当个厨子也比现在混得好。

　　他放一边洗菜一边笑弯了腰，抬起头的时候，笑得眼泪都出来了。

　　那一刻，我鼻子有点酸酸的，说不出话来。

　　他们挤在乱哄哄小屋子里，每个人脸上都写着风吹日晒，岁月无情的沧桑，可是他们的笑容却是发自内心的。

　　很多后再重逢，他早已放下了曾经那个梦想，他西装革履，侃侃而谈，说的都是他曾经避之不及的生意经。

　　他还是继承了家族企业，步入大家认为的正途，可是无论如何，我都不会忘记曾经那张笑哭了的脸。

　　他满怀感慨地冲我说，当年孤身一人去追梦，那时候过着饥一顿饱一顿的日子，没有远方也没有闪退，可是那帮兄弟愿意跟着一起，那感觉很好。

　　他说，那时候他很喜欢我，可是不敢表白，就像我的玩笑话，去做个厨子也比那种过一天算一天的日子要好，他实在不敢告诉我，因为他觉得不靠谱。后来的某一天突然决定放弃，一个人面对空荡荡的阳台哭得稀里哗啦，不过就算流泪也不后悔，毕竟用尽全力地去尝试过了。

　　那年夏天，一个穷字贯穿了整整一年，尽管他以前过着锦衣玉食金碧辉煌的腐败生活，可为了某些东西他可以住最便宜的房子，去超市里买快要过期的打折促销的泡面。

人生这条路啊

有人骑马

有人开车

有人踏着荆棘背着重重的行囊

我们不能感慨命运不公平，抱怨人生太艰难。

我们能做的，只是咬紧牙关，磕磕绊绊地走下去。

　　你需要一个目标。你已经小小的了解了为目标去奋斗的路上并不觉得疲累，所以请你继续追赶。可以是一个城市，一所学校，一个人，或者是一个梦想。总之你需要它来鞭策你变成更好的人。在逐渐缩小距离的同时，再辛苦也觉得值得。

如果决意去做一件事了，
不要公开宣布个人目标，只管安安静静的去做。
因为那是你自己的事，
别人不知道你的情况，也不可能帮你实现梦想。
千万不要因为虚荣心而炫耀。
也不要因为别人的一句评价而放弃自己的梦想。
其实最好的状态，
是坚持自己的梦想，听听前辈的建议少错几步。值不值，
时间是最好的证明。

不要以为别人的
说三道四就轻易放弃自己的梦想

1

我的堂姐，大学毕业后，在她父亲的"努力"下，顺利进入镇上唯一的一所初级中学，当上了数学老师。

她父亲是那所中学的语文老师。

他们，从父女变为同事。

然而，这不是堂姐所乐意的。

她不喜欢小镇，因为太冷清了；她更不喜欢镇上的青年，他们无所事事，只是在等待拆迁，然后拿一大笔补偿款，住进安置房，娶妻生子。

她对我说：在镇上，一眼就能把自己的未来望到头。

她父亲办公室里那把已经快被"坐没了"的椅子，就是证明。她就要在自己的"椅子"上消磨青春。

那时候，我尚未毕业，对前途感到迷惘。我没有资格给她建议，只是安慰她：工作你先做着吧，毕竟，那是一个铁饭碗，有编制，工作轻松，收入稳定。

她答应着。

每隔半月，她就会打电话给我，以至于舍友都以为她是我的一位"看不见"的女友。

我们通话时间很长，不知不觉就聊一小时以上。她不停向我抱怨——学生调皮，同事奇葩，家长难缠，工作没劲。

我则劝她，调整心态，尝试着喜欢自己的工作。

她说，她努力做了，但做不到。

她终于还是决定考研。

我问她：考研是为了什么？

她回答：考研是安全离开小镇的唯一方法。

是啊，考研成功，她父亲不会阻止她继续求学，可以名正言顺地从学校辞职，可以离开冷清的小镇，可以去繁华的花花世界，去找靠谱的青年恋爱。

她向家人宣布了自己的决定。

不出意料，家人反对，亲戚们都苦苦劝她——别放弃一份"别人求都求不来"的好工作。

他们以"爱"的名义，绑架她，囚禁她。他们不停地泼冷水，他们用"语言的暴力"，令她遍体鳞伤。

这些，她都默默忍受了。

她开始复习，利用一切空余时间。下班后，窝在宿舍里，足不出户。寒来暑往，从未间断。

最难熬的是考前两个月。寒冷降临，亲人的不支持，更是摧残人心的寒冷。她打电话给我，向我诉苦，我只能说些不痛不痒的安慰话，根本帮不到她。

我能做的，只能是等待她的消息。

她如愿以偿。一切都非常顺利，第二年，她去了一个一年四季都温暖如春的地方，读研了。

暑假回家，我见到她。她看上去并不十分开心。

说起未来，她态度平淡。

我说：你的梦想都实现了，应该感到开心才对。

她说：我也是这么想的，但不知道为什么，就是开心不起来，就像吃了方便面里的速干蔬菜，虽然看上去是那个样子，但味道早已经变了。

2

为什么，明明实现了梦想，得到了想要的东西，却反而开心不起来呢？

因为在追梦的过程中，我们遭受了阻碍，遭受了别人的反对、质疑、误解以及嘲笑，我们因此觉得心累。追寻的痛苦，消解了如愿以偿后的快乐。

我相信，堂姐的父亲是真心为她好，她的亲戚们也都出于一片好心，但是他们不知道，有着一颗"玻璃心"的堂姐，想要的不是安稳的收入和生活，而是心灵的丰富，是精神的自由，是感情的多元。

小镇的单调和乏味，只会让她感觉葬送青春。

那里没有她眷恋的东西，所以，她一心想要离开。

两代人在认识上迥然不同，老一代人以为占据了经验上的优势，就以父辈的权威，反对堂姐的逐梦之举，将堂姐置于孤独无援的境地。虽然他们的反对行为仅限于语言，但他们都是堂姐的至亲之人，所以，他们的反对给堂姐造成了巨大的心理压力。

在追梦的过程中,我们迫于现实的局限,不得不做出许多妥协,对梦想进行诸多修正,最终,成果变成了梦想大打折扣的产物。

结果是遗憾的,骏马变成了骡子,豪宅变成了公寓,冠军变成了亚军,本一变成了本二。我们只能将就,只能勉为其难地接受,在心里安慰自己:退而求其次,也只能这样了。

可是,骏马终究是骏马,冠军终究是冠军。你得到的东西不是你想要的东西,差之毫厘谬以千里,对于那些"不完美""不完整"的成果,你怎么可能真的接受?

梦想实现后,你突然意识到:原来不过如此。曾经梦牵魂绕的东西,揭穿真相后,不过是绚丽的一地鸡毛。你因此失望至极。

曾以为大学校园是知识的天堂,是美丽和神圣的去处,可是有朝一日,我们置身其中,才发现它充斥着臭袜子和方便面的气味,翘课是稀松平常的事情,不称职的老师比比皆是,专注于学业的学生屈指可数。腐败、色情、暴力、游戏,这些被认为不适宜的元素,不可避免地渗透到校园之内。

理想的丰满和现实的瘦骨嶙峋,能不让你心生虚妄吗?

3

那么,我们怎样开心地追逐梦想呢?

我在公司任职时,我们部门组织活动,去某寺庙听一位高僧讲佛经。高僧讲得高深莫测,我听得云里雾里。末了,高僧为我们每人题字一幅。高僧的字我很喜欢,于是好好想了想,该请他题什么字。

同事们有人要了"圆融",有人要了"行德",有人要了"志存高远",有人要了"海阔天空"。临到我,我说:我要"一意孤行"。

同事们都说,这是个贬义词,不好。幸亏高僧只管写字,不问内容,挥笔之间，写下"一意孤行"四字，至今悬挂在我的书房。

"一意孤行"，我的理解是：认准一个意念，不顾别人说三道四，只管自己勇往直前。

在我看来，这是追梦必须修炼的心理素质。

举一个例子：

去年我换房，而换房这件大事，理所当然，要带父母、丈人丈母娘一起参谋。

我选中了一间院子挺大的房子，觉得甚好。

结果遭到一致反对，他们罗列出各种理由证明我的眼光糟糕透顶。比如，采光不好，返潮，蚊虫多，甚至连风水这么玄的玩意儿都能说出来。

但是他们压根就不知道，我之所以换房，就是为了有个院子，能在里面种点杂草，养些小鱼，晚上躺在椅子上仰望星空、胡思乱想。假如没有院子，我根本就没必要换房呀。

所以，每个人的需求是不一样的，别人的意见只具有参考价值，但决定性因素，永远是你自己的本质需求。你必须听从内心的喜好，否则，你就是为别人活。

有些梦想很庞大，想起来就令人绝望。比如，在寸土寸金的城市拥有一套自己的房子。比如，职场菜鸟偷瞄那些牛逼闪闪、众星捧月的老板，心里暗自发誓：有朝一日，我要成为如他（她）一般的人。

为了让梦想实现起来不那么难于上青天，不妨把庞大的梦想拆开，分成一份份小的计划，并且，为每一份小计划设置一个阶段性的成果。在取得阶段性成果后，即时地奖励自己。

我在企业里做绩效管理工作。一个企业要建立绩效管理体系，是一件相当庞大、复杂的工程。先梳理公司的战略目标，再将目标分解到部门，再落实到具体岗位，接着制定岗位职责，设立考核目标，等等。稍有管理常识的人看到这里肯定觉得头大。而这些，也仅仅是万里长征的第一步。

一口吃不掉一头大象，那就分成若干口吃呗，而且，每吃掉一口，即时给自己一个奖励，这样会让你成就感爆棚，奔向目标的动力更足。我在企业里建立绩效系统时，先制定一份总的工作计划，这份计划由若干个小计划组成，每一个计划完成后，都会取得一个阶段性成果。每达成一个成果，我就放自己两天假，去短途旅行，或者与家人共进一顿充满小资产阶级情调的丰盛晚餐。

假如我闷头猛干，可能根本等不到完成全部计划，我已经身心疲惫，濒临崩溃了。

在追梦地过程中，我们变得坚强、牛逼、超能，像"小强"一样打不扁、压不垮；像内裤外穿的蜘蛛侠一样无所不能；像春光灿烂的猪八戒一样逢凶化吉、处处走狗屎运。

这也许比触摸到梦想更有益、更美丽。

假如天上真的会掉馅饼，那么吃到馅饼的肯定是抬头看天、张大嘴巴的那个人，他们就连等，也等得比别人更努力。

有时，满心期待，换来是失望或不体谅。努力了，好像还看不见希望，渐渐，开始不自信、不勇敢、不愿向前…此时，请对自己说，再来一次！再一次，为成长积蓄力量！再一次，只为梦想更近些！

不要怕有压力，它可以垫高你的人生；也不要怕忙碌，它可以充实你的生活；不要拒绝错误，它可以改正你的缺点；不要一味惬意，乐极生悲，这往往是挫败的开始。许多时刻，我们的成长，靠的不仅仅是时间，而是自我的勤奋与努力；那些虚度的光阴，熄灭的是梦想之火，拼凑的是支离破碎的命运。

不要因为一点挫折就懂了放弃梦想的念头

今天突然找到了少林足球，打开豆瓣看到它的评分是刺眼的6.8，不知道为什么想起来喜剧之王里那句：我是一个演员，那个不肯放弃的小人物奋斗史。我算不上一个很优秀的人，只是一个小人物，在自己的青春里扮演着每天重复的生活。少林足球里同样是小人物的周星驰说：人如果没有了梦想，生命和一条咸鱼有什么区别。

然而如果不是今天我突然抽风整理我的硬盘，大概少林足球和星爷的这句话就一直沉寂在我的脑海里了。

曾经看过一篇日志说，你有没有想过一辈子都只是个小人物？我的第一反应是，想过，怎么没想过。

只是那又怎么样呢？

我朋友曾经特别郑重其事地对我说："如果你拼了命地去追寻梦想，后来发现梦想根本就是遥不可及的东西，那不是一件特别糟糕特别绝望的事情么？"彼时我正经历着很苦逼的日子，也只有他知道，也只有他会郑重其事地这么对我说，而不是来一句："没关系，都会好的。"

然而我也特别郑重其事地回答他:"不会。"

然后我在日志里写:那些终极的梦想,其实是很难以实现的。但在你追逐梦想的时候,你会找到一个更好的自己,一个沉默努力充实安静的你自己。

我感觉喜欢上旅行的人,大多都偏执地让人难以理解,却又不愿意去解释自己。你说,为什么我们要去那些地方。因为人生需要一次旅行?因为要么旅行要么读书?

不,你之所以要去那些地方,是因为你想去那些地方;你之所以尽管在抱怨还是一早起来背单词,是因为你愿意;你之所以熬着夜不停地修改你的简历,是因为你想要做到最好。

就好比我之所以会把灌篮高手看了一遍又一遍,是因为这里有着最当初的自己;我之所以明明知道结局可能一如平常得烂却还是会去爱她,是因为我不想就这样错过。

我之所以会来到这个地方来到离家八千多公里的另一个半球,是因为我想要爸妈为我骄傲,是因为我不甘心,是因为我还输得起,即使失败了还能站起来。

一如不管别人怎么看,你还是想做你想做的事情。

在整理稿子的时候,又一遍地看了自己的日志,那些好友可见自己可见的日志里,有过失落想要放弃的那些句子,有过想要妥协挫败的自己,有那个写新书却三个小时没有憋出一个字泄气的自己,或许我一直都是钻牛角尖自以为是地不想要放弃,或许我到头来也没有那种天亮就出发的果敢和勇气。

但现在的我会对当初那个动不动就会想要放弃的自己说一句:"还好你没有放弃。"

诚然,也许奋斗了一辈子的屌丝也只是个屌丝,也许咸鱼翻身了不过是一个翻了面的咸鱼,但至少他们有做梦的自尊,而不是丢下一句努力无用心安理得地生活下去。

有的时候当你走得太远，你会忘记你为什么走在这条路上，你会开始变得执着于眼前的东西，焦点于眼前的困难，急躁于眼前的利益，于是你开始一而再再而三地降低你自己的底线。你口口声声说要执行你自己的计划，可因为睡过了头就把计划一改再改；你口口声声说接受不了背叛，可事情发生到你身上的时候你却开始纠结对方是不是只是一时冲动。

你总有千万种借口来降低你的底线，偏偏那些借口很面善，于是你渐渐地模糊了自己想要的，变成了一个自己不认识的自己。

只是，你知道，生活它从来不会因为你放弃理想而简单一点点。

如果励志的东西用完了，我就会重新制造那些积极的东西。如果我的选择开始停滞了，我就会一个人出走独自看看这个世界。因为梦想是一条单行道，走上了就再不回头了。

一年半以前我写《要么滚回家去，要么就拼》的时候，对自己说过：我想，一个人最好的样子就是平静一点，哪怕一个人生活，穿越一个又一个城市，走过一个又一条街道，仰望一片又一片天空，见证一次又一次别离。然后在别人质疑你的时候，你可以问心无愧地对自己说，虽然每一步都走得很慢，但是我不曾退缩过。

这句话同样给看到这里的你，和现在的我自己。

也许我的人生剧本已经写好，就是这样平凡地过一辈子，我也要给这个剧本带来一点波澜起伏，我现在手头除了所剩不多的青春以外什么都没有，但是我知道我手头的这件东西，却能决定我变成一个什么样的人。

我是卢思浩，幼稚到无以复加，但我也走到现在了。我不好也不坏，我只是想不同。当我和这个世界不一样的时候，那就让我不一样好了。就算整个世界都要和我作对，我也要有赢下这个不公平的世界的决心。

你还留不留得住你年少轻狂的时候？你还留不留得住你自己的梦想？你还留不留得住你自己最疯狂的那个坚持？就算整个世界不相信你，你有没有那个决心坚持下去。

没错，这个世界它总是告诉你梦想是很难实现的，实现的永远是少数人，它告诉你爱情是很难存在的，浪漫爱情故事里的主角永远不是你。它告诉你相处是一件很难的事情有的时候你很努力了也做不好。它告诉你很多时候你喜欢的人不会喜欢你，往往他们甚至不在乎你。这个XX的世界告诉你，不是所有付出都是有结果的。

只是，如果我因为一点点的争议就感觉不安，如果我因为一点点的挫折就开始动摇，那只能说明我只是这样的一个弱爆的人而已。

所以，在认输之前，我绝不放过任何一个挑战世界的机会。

年轻的我们总有很多东西无法挽留，比如走远的时光，比如枯萎的情感；总有很多东西难以割舍，比如追逐的梦想，比如心中的喜爱。面对前进道路上的未知因素，路走不通的时候，不要眷恋前面的风景，不要回望来时的行程。简单做自己，总有一扇门为梦想打开。

如果你足够勇敢说再见，生活便会奖励你一个新的开始；如果找不到坚持下去的理由，那就找一个重新开始的理由。你只有走完必须走的路，才不会辜负心中梦想的声音。

大胆往前走，梦想在朝你招手

如果你八岁那年坚持梦想，那么十八岁以后，你就靠近你的梦想十年。

前不久在网上看过这一段话，觉得特别深有感触，瞬间点燃了自己一鼓作气的决心。

面朝大海，总会春暖花开

我们每个人，都是从母亲十月怀胎而来，蹒跚学步，号啕大哭，我们样样不比别人少。你也没夭折在小时候，你照样顺顺利利的活到这么大，没少鼻子没缺眼。

衣来伸手饭来张口，你过的清闲自在，从不懂得居安思危。你甚至从来都没有想过未来，更别提自己的梦想是什么了，大概连你自己都没认真考虑过。

你扪心自问，你为梦想拼过命吗？为生活不顾一切果断勇敢前进过吗？为了心心念念的自己固执过一回吗？

我想，大概，你没有。

你只有看着别人成功，而后懊恼，为什么别人都取得成果，而你却只有两个馒头一碗粥，那么苦涩萧寒。

然后，你开始抱怨不平等，抱怨没有投胎成富二代，你开始咬牙切齿地安慰自己，这一切都不怨你，都怪命运在捉弄你。

我想没有一个人是不经过努力，就可以到达彼岸的，就算有船有帆也不行。因为你做不到万事俱备，只欠东风。

如果富二代的爸爸不奋斗大半辈子，他儿子也不会衣食无忧，北窗高卧。你没有先天条件，就要笨鸟先飞。

我现在二十岁，如果努力十年后，梦想虽然不一定会实现，可它毕竟走近了生活十年。反正日子也是一秒一分地过，何不让自己有个目标。

回家的路都很多条，通往梦想的路，也有很多种，就看你怎么走，所谓该出手时，就出手。

1

有段时候住在隔壁的邻居，整天都会通过向南的窗子传来刺耳的争吵声，各种碗筷碰撞发出的尖锐声，一些噪音特别大的歌曲声。

我是很好奇这些人，整天都搞些什么，除了喧哗大闹，难道就没点正经事。

老妈说，他们家儿子整天躺在家里酣睡如泥，游手好闲，上个三天班就喊累，熬不了夜干不了重活，就辞职回家一直休息。

他爸恨铁不成钢，整天嘴都长他身上都不行，甭管他二十多岁，照样不给面子的痛打一顿。

其实像这种人，社会上有很多。毕了业，像失了魂，完全没有了方向，除了迷茫就是被社会给染了黑颜色。

你如果说他们是孤独患者，倒是给他们安上了病号的头衔。

他们明明朝气蓬勃，却像风吹雨打，寒风霜降蔫了的花。

如果他们把抱怨的精力放在梦想上，究竟会不会开花结果我不知道，但最起码不会精神萎靡不振，无所事事。

刘同的为梦想努力十年里有一句话：一个可以为梦想努力近十年，然后实现的人。看他第一次露出喜洋洋的笑脸，我的心底也充满了阳光。

我想大概这是最让人对所有烦恼烟消云散的一刻，你的努力不会亏待自己，不要总想着会不会成功，要走就走到尽头。

如果你对什么都畏首畏尾，前怕虎后怕狼，恐怕到最后两手空空，一无所有。

你宁愿被生活逼死，倒不如四处谋生，不一定会活，但最起码不会早死。

2

前不久，表姐被炒鱿鱼失业，动不动就发脾气，看谁都不顺眼，开始扯陈年往事，怪父母没本事。

不管我怎么劝，她都像着了魔，一个劲地埋汰，说我事不关己高高挂起，没读过这本经，不知道难在哪里。

如果站在她的角度，我确实是个局外人，事情没有发生在我身上，我的确不能感同身受地替她难过。

我想如果我被炒了鱿鱼，我肯定也会暴跳如雷的气愤，把领导都给骂个遍。可是出气泄愤以后呢，不还是照样过日子。

不管谁劝你都不听，这不叫固执，这叫死脑筋。人家看不起你，你就抓着不放问个究竟，到底为什么看不起你。

可是知道又怎样，不知道又能怎样，你应该做的是好好奋斗，出人头地，去追逐梦想。等你满载而归的时候，自然少不了给那些看扁你的人，一个响亮的耳光。

都说哪里跌倒，就在哪里爬起来，你不能哪里跌倒，就在哪里睡一觉啊。

也有人说，你说的是轻巧，两嘴唇一张，什么都敢说。

我一直崇信，敢说才能敢做，但千万不要说大话。

3

趁阳光正好，趁微风不燥，趁我还年轻，趁你还未老。

你还年轻，为什么不去努力，就算你不在年轻了，难道就等着死亡的来临。

我们应该做的是鼓足勇气，一口气昼夜兼程，穿过人山人海，到达人生巅峰。

反正怎样都是一生，碌碌无为是一生，平淡无奇是一生，功成名就也是一生。

怎么活，靠你自己选择。坚持梦想不难，坚守阵地也不难，难的是你内心够不够硬。

看过鲁豫有约，里面的名人旧事，无一不是没有坎坷的人生，最后怎么一步一步迈出这个巨大天坑的，先不管这些故事有没有添油加醋的大讲一通，最起码人家能光宗耀祖一辈子。

我们通常都是在电视机下面无限感慨，替别人的人生感叹，怎么他就有这么好的机遇呢。

你看，你又在推脱了，只要你肯为梦想努力，你也一定会有机遇，虽然不一定让你的大名响彻世界，最少你一生会很充实。

很多人都说人各有命，什么都是天注定。我最不能听见这样的言论，如果我让你喝一瓶毒药，你看看上天能不能让你活到明天。

前不久何炅说梦想不仅仅是拿来实现的，这说的也很有见解，我们为了梦想努力，才能让自己的生活一直坚持充实下去。

它像一个精神支柱，伴你一直前行。

4

姑娘，你梦想是什么？答：有很多钱

兄弟，你梦想是什么？答：娶个如花似玉的老婆。

好，这是我采集而来的答应，是不是觉得很肤浅？但我却觉得肤浅中透着真实，因为他们没有梦想，梦想就是娶妻生子，攀龙附凤。

其实因人而异，如果强行定义的话，这也算是个梦想。

我不想让自己朝着这样的梦想走去，我也希望所有没有真正去探索梦想的人，能去找到方向，找到梦想。

你该怎样去坚持一个梦想，该怎样去坚持走下去人生这条路，就靠你自己了。

风雨兼程别怕苦，姑娘兄弟，大胆往前走，梦想在朝你招手，加油。

在没人知道自己的付出时，不去表白；在没人懂自己价值的时候，不能炫耀；在没人理解自己的志趣时，不要困惑。活着自己的执着，活着自己的单纯，活着自己的痴醉，活着自己美丽的梦想。

请不要在最能吃苦的时候选择安逸，没有人的青春是在红地毯上走过，既然梦想成为那个别人无法企及的自我，就应该选择一条属于自己的道路，为了到达终点，付出别人无法企及的努力。

梦想就在前方，只要朝前走就能触碰得到

梦想，是一个让我觉得非常珍贵的词，但是现如今，我又觉得这人人可以拥有的东西很奢侈。

最近九个月我陷入了一种非常奇怪的状态，变得什么都不想干，不想念书，不想上课，不想做作业，甚至都不想复习去考试，拖延症越来越严重，慢慢地我连小说和漫画都不想看了，拒绝一切要动脑子的事情，假装自己根本不存在脑子这种东西，开始成天看电视剧和电影。

因为不想动脑子懒得思考，所以电视剧和电影什么的都会有些看不懂，看不懂就索性摁下暂停键不看了，打开豆瓣和微博开始刷网页，浏览很多垃圾信息后找到一两个比较有趣的东西，很认真的笑两下，一天就过去了。

慢慢地，我就超过了拖延症的范畴开始变得越来越懒，拖延症只是不想做最需要做的事情，而懒就是什么事情都不想做。

我确实什么都不想做，甚至连饭都不想吃，醒了也不愿意起来，我会一直躺着，躺到再次睡着，在接近黄昏的时候起来，然后我穿半个小时的衣服，洗半个小时的脸。

起来的时候会顺手开电脑，其实我也不知道开电脑干吗，但是不开电

脑就完全不知道自己该干吗。

我懒得打游戏也懒得看任何看起来很长的文章，点开一个又一个的链接，图片的话就看两眼，文章的话就看前两段，视频的话就直接关了。

喝很多很多的奶茶，就感觉不到饿，就不需要吃饭，奶茶盒子清空的速度让我自己都觉得恶心。

爸妈原来还管我，妄想着我能背下单词之类的，后来实在管不过来对我的要求就仅剩下半夜两点之前睡，可我起来之后又懒得睡觉，通常开着QQ和各位基友聊天，聊天内容通常能在不涉及任何有用信息的情况下持续很久，聊天的间隙再点开那些未看完的电影，可还是觉得没趣，又暂停。

不知道自己要干什么想干什么能干什么。

拖到天微微亮，撑不住了躺下就睡。

大前天的杯子也懒得洗，各种奶茶的味道混杂在一起，泡红茶的杯子结了褐红色的垢，这些通通都无所谓。

我也懒得出去。

非要别人来叫，才勉强出去吃顿晚饭，吃什么都无所谓只要甜品够正就好，吃了甜食就很困，吃完就期待有人宣布，那么聚会结束吧，其实回去了我也不知道干什么，可我懒得寒暄，懒得说话。

买了超多的指甲油都懒得涂，看着它们慢慢地过期，也懒得化妆，懒得梳头发，因为出去的不多所以都懒得换衣服，我也不想和别人说，我一件黑色的大衣穿了整整一个寒假什么的……

还有洗面奶用光之后虽然新的就在抽屉里可我就是懒得拿出来，所以现在只用清水洗洗脸什么的也很难开口，大致是超脱了女生这个范围了。

这真是个无比可怕的状态，开学之后我看他们列出来的计划都很雄心勃勃，每个人都超认真超努力的样子也让我无比违和，果然我就是那种自己不努力也不喜欢看见别人努力的心胸狭窄份子。

考研资料，厚厚的单词书，公务员的申论，大开本的专业书，竞赛海报让我觉得无比的压抑。

习惯性地在课上看小说，突然就想到一个严峻的问题，大学四年我到底有没有听过课这件事情。

仔细想来，我确实什么都不会，我只是参加了很多次考试并且通过了它们，但这并不代表这几年我都在学习，脱离了学习的状态真是件可怕的事情，很难再回到那个认真做事的状态了。

现在无论做什么，我都是一个想法：好麻烦，随便做一下好了。

我已经收拾收拾准备毕业了这种心情怎么能随便乱讲，和同学排了一下日程表，发现其实离毕业还很遥远。

过去那个为了做好一样东西可以通宵46个小时的自己，和那个作为组长因为不满意团队成员的成果而独自通宵一天一夜重做一份的自己已经不知道消失到了哪里。

我听他们讲自己的计划和安排，反过来问到我的时候却只能回答：不知道，没想过。

一步步走到现在是为了什么呢，当时支撑着自己的动力现如今去了哪里呢？

我问我妈，你当初的梦想是什么？我以为她会说做中学老师或是医生，但是答案出乎了我全部的意料，当一个小提琴家，真是个华丽的梦想啊。

有一瞬间，我觉得眼前这个中年妇女真是新奇而陌生。

出于好奇，我继续问她在那个年代怎么会想当一个小提琴家。

她说，当年她的邻居是个拉小提琴的男人，优雅又礼貌，她第一次觉得，人生不仅仅是上学工作结婚原来还可以拉小提琴，她实在是太羡慕这种生活了，于是央求那个男人教她小提琴。

可以想见我妈当年是个漂亮的小姑娘，于是那个优雅的青年同意了，可是学了才半年，那人就去了奥地利，我妈的小提琴梦因此碎的一干二净。

幻想和做梦什么的，真是人类的特权呢，不管是怎样的人，都会有一个埋藏在内心深处的梦想，通常都不是什么特别伟大的理由，而是出于一份非常赤诚的向往。

那种羡慕和向往的感情支撑着那个梦想在心里牢牢扎根，并为之去奋斗。

然而有种叫现实的东西却会让梦想褪色。

我问我妈，你后来干吗不继续学小提琴呢，换个老师嘛，我妈说那时候哪有什么小提琴老师，再说她根本买不起小提琴这种昂贵的东西。

我又问她，那你当年考大学的时候为什么不考小提琴专业？

她的回答很奇怪，风险太大了，谁能保证我学的好呢？谁能保证我学成著名小提琴家呢？那岂不是一辈子都毁了。

我说，谁说学小提琴一定要学成世界名家的？

她说，你不懂，学份别的实用的专业毕业了马上就能赚钱了。

没了梦想的人生很安稳却也很无趣。

虽然人生看起来有无数种可能性，其实大部分时候都像钟摆，从这端到那端，过程貌似充满无限可能，其实只有一个结局。

后来我妈就和小提琴再也没有一丝一毫的关系了，上班做实验，下班看电视。

我很想问她，自从上班之后，你是过了一万天呢，还是过了一天，然后重复了一万遍呢？但是仔细想了想，这话太找抽了，于是没问。

梦想很廉价，人人都可以有，梦想很珍贵，让你为之不停地奋斗。

梦想很神奇，赋予了拥有者一种奇异的色彩，让他们因此而变得与众不同，让他们的生活发生改变。

现在，我出现了过一天，重复一万天的先兆。

我也会想，最初的梦想去了哪里，为什么现在的自己停滞不前。

思考了很久，我想其实没有人真正忘却过自己的梦想，梦想一直在那里，我们总是为了安慰自己，假装不记得，假装不在意，可那种向往的感情始终没有变过，无论过去多少年，谈论起自己最初的梦想的时候那种闪闪发光的眼神依旧很动人，就连嘴角的笑容都和平时变得不同。

这就是梦想的魅力。

没有梦想的人生还有什么意思呢，只是活着罢了，甚至可以把别人的人生换给你也没什么不同。

在我看来，只有一种人生道路是正确的，那就是沿着自己的梦想一路前行。

在我看来，只有一种方式可以让自己成为人生赢家，那就是有一天达成了自己的梦想。

九个月就当给自己放了一个长假，《悠长假期》里不是说，上帝会给每个人一个假期，让你停下来思考人生的意义，知道自己想要什么。

我突然觉得，梦想就在前方，只要朝前走就能触碰得到。

在别人肆意说你的时候，问问自己，到底怕不怕，输不输得起。不必害怕，不要后退，不须犹豫，难过的时候就一个人去看看这世界。多问问自己，你是不是已经为了梦想而竭尽全力了？

每天的生活，不再为一点小事伤心动怒，也不再为一些小人愤愤不平。一定要打扮得清清爽爽，漂漂亮亮，从容自若面对生活。安安心心，简简单单，做一些能让自己开心的事。对生活不失希望，微笑面对困境与磨难，心怀梦想，即使遥远。

梦想也许遥远，但是努力会让它唾手可得

如果今天不走快一点，那么明天就要用跑的了，后天也许就看不清前进的方向了。谁去管梦想会不会实现呢，向前走向前奔跑就是了。不要后退，不要犹豫，你需要足够勇敢，问自己，你是不是已经为了梦想而竭尽全力了？有的时候梦想很远，有的时候梦想很近，但它总会实现的。

那天朋友发了个状态说：找不到我喜欢的伞，我宁愿淋雨。一定要跟自己喜欢的人一起去马尔代夫，如果跟自己不喜欢的人一起去，再美的风景也是徒劳。我默念着这个状态，脑袋里冒出来的两个字却是：矫情。

然后我猛然清醒过来。今天重新看少林足球，打开豆瓣看到它的评分是刺眼的6.8，不知道为什么想起来的是喜剧之王里那句，我是一个演员，那个不肯放弃的小人物奋斗史。我算不上一个很优秀的人，只是一个小人物，在自己的青春里扮演着每天重复的生活。少林足球里同样是小人物的周星驰说：人如果没有了梦想，生命和一条咸鱼有什么区别。

坦白说，我只是不想在只能play一次的人生里留下后悔，毕竟不像是用windows player，你没办法暂停，也没办法快进倒退，更没办法重来一遍。人生就是这么一场单程旅行。

可是那天我对于别人的倔强和坚持却下意识地反应出矫情的时候,我是不是应该好好地重新看待下自己呢。

我似乎总是在等,把梦想留在将来,把旅行留在明天,买了一本书翻了几页想等到下次下次有空的时候再看,看别人弹钢琴的视频对自己说下次再练,看到别人旅行的照片对自己说等到空了就去,然后就没有然后了。

我突然想起来自己写的那篇,你要去相信没有到不了的明天,我相信那么多事情,我坚信我将来可以去自己想去的地方,听自己想听的演唱会,将来可以跟某人面对面诉说我对他的崇拜。这到底是我对未来的乐观,还是对于梦想的逃避。

前两天情绪并不是很好,因为发现一个许久没有联系的初中同学在背后捅刀子,然后突然回过头看看,好像失去了很多人。

四年有多长,放在一个时间刻度里,似乎没有十年来得那么刻骨铭心,却也足以让一个人的生活发生天翻地覆。在这么一个不长不短的时间里,到底是经历了一些什么呢?四年前踏上离开上海的飞机的时候,反复告诉自己这是我自己决定的路,无论如何都不能放弃,你有你的梦你有你的路,拼了命也要走下去,大概正是应了那句话把:青春免不了一场颠沛流离。

其实仔细想想,为什么我们要从一个城市奔向另一个城市,从一个国家去往另一个国家。没有人逼你天天早起背单词背到头痛,没有人逼你为了投递一张简历四处奔波,没有人逼你拖着行李离开自己的故乡。我之所以会站在这个地方,是因为当初自己的决定,可是为什么我居然忘记我站在这里的原因了。

那个时候你说,可惜我们的故乡,放不下我们的梦想。后来呢?

以前我总觉得自己心智还算成熟,之后发现那只是害怕导致的患得患失,后来我又觉得自己生活地太过苦逼,但又发现那只是一种妄自菲薄的病态。在年轻的时候,总是会被一些莫名其妙的情绪充斥着,莫名地觉得孤单，难过，甚至觉得被整个世界遗弃了。

有一天我说，如果末日真的来了，我想我会很不甘心吧，她以为我是随便说说。其实仔细想想，是的，我会很不甘心，还有那么多地方没有去，那么多想做的事情没有做，甚至于会不甘于想热烈地爱一场这样的想法也没有达成，我不可以就这样死了。然后我突然觉得，似乎自己已经死了，为什么我要在我二十岁的时候用四十岁的心态过日子？

后来我才明白为什么我们会那么义无反顾，后来我才明白为什么总是遭受打击的我们还能找到自己的信仰，然后继续向前走。因为我们都想要这个世界有一点改变，可能变得更好，变得更不冷漠，变得更热情，变得更正义。因为我们想要我们的生活丰富多彩，因为我们不甘心我们想要自己的青春不那么无趣，因为我们想要在现在做一些将来不会后悔的事情，因为不是每一次醒来都是一场梦，我们拥有的只有现在。

又一遍地看了自己的日志，那些只有好友可见自己可见的日志里，有过失落想要放弃的那些句子，有过想要妥协挫败的自己，有那个写新书却三个小时没有憋出一个字泄气的自己，或许我一直都是钻牛角尖自以为是地不想要放弃，或许我到头来也没有那种天亮就出发的果敢和勇气，或许我就是一个矫情没有天分没有能力的自己。

可是我却想要让你们看到一个积极的人，因为那才是我喜欢的我，那个挫败了还要继续向前的我，那个想要在夜里也能照出阳光的我。我只是用时间换天分而已。

也许有些路好走是条捷径，也许有些路可以让你风光无限，也许有些路安稳又有后路，可是那些路的主角，都不是我。至少我会觉得，那些路不是自己想要的。

仔细看看身边的人，始终有那么一些人，坚定地在向前走着，他们变成闪闪发光的存在，我们觉得他们就像是神一样的存在，可是我们却不知道他们到底用了多少努力，才换来了这样的一个他们想要的人生。

是的，你的目的就是变成那样的人，前提是你要知道你要付出多少努力。可是尽管这样，我们却还是继续向前走着。有的时候伤害和失败不见得是一件坏事，它会让你变得更好，孤单和失落亦是如此。每件事到最后一定会变成一件好事，只要你能够走到最后。

如果今天不走快一点，那么明天就要用跑的了，后天也许就看不清前进的方向了，谁去管梦想会不会实现呢，向前走向前奔跑就是了。

在别人肆意说你的时候，问自己，怕不怕，输不输得起。不要怕，不要后退，不要犹豫，难过的时候就一个人去看看这世界。你需要足够勇敢，问自己，你是不是已经为了梦想而竭尽全力了。有的时候梦想很远，有的时候梦想很近，但它总会实现的。

我们已于昨天过去了，只要过好今天，明天自然美丽。放弃可以说是件痛苦的事，因为对生活寄予太多的渴望，对未来秉持长久的梦想，许多东西不能割舍。但是，生活有时是低谷，深渊，过多的负重，可能加速坠落，带来精神的不堪。尽量简化你的生活，你会发现那些被挡住的风景，才是最适宜的人生。千万不要过于执着，而使自己背上沉重的包袱。

如果你有才华，就去追求大梦想；如果你觉得自己的能力有限，才华也不够支撑起你的野心，那就安静下来，扎进小的失败和挫折中，汲取营养。如果不能成为豹子，那就成为高贵的梅花鹿。请记得：如果需要反省，一定不是在梦想上下功夫，徘徊不定，而是要在才华上卧薪尝胆，反思它为什么不能日渐丰满。

为你的梦想寻一条正确的出路

雾霾天的下午，约先生去国贸看Dior的新款夏装。一圈逛下来，始终找不到款式、材质都满意的衣裙，败兴而归坐在sweet spot里喝咖啡歇脚。

——stop！

我知道读到这里你们会骂我装逼——这和朋友圈里那些不加上英文不会说话，不配上自拍照就会长疮的逼逼们有什么区别呢？

我摊摊双手向你们承认，曾经，这样装逼的生活就是我想要拼力追逐的对象。——我大四那年的梦想就是，每天妆容精致的在这个城市CBD最奢华的写字楼里工作，每天早上去星巴克吃早餐，午休的时候去楼下的奢侈品店里消费下当季的新品……

但是现在我却喜欢在闲暇时间，窝在沙发里看看书翻翻新闻，然后勾着大熊的熊掌，去菜场买个菜回来炖个猪蹄，煲个汤。

回顾这几年，我一路从上海的恒隆辗转到北京的CBD，追逐我大四的梦想——所谓的奢华、小资、格调、品味……

不谦虚地说，在我最初的梦想没有幻灭的时候，我整个人就是一只打满鸡血的战斗鸡，每天都在一级战备状态。

也可以再不谦虚地说，在小小的圈子且不算长的职业经历里，本人混的还不算底层。

然而在也算见识了这个圈子的众生态之后，我突然觉得，我的梦想应该改一个航向……

现在的我，最开心不用上妆随意出门的日子，讨厌一切快餐式的咖啡和食品，对奢侈品里摆放精致的成衣，也挑剔的无以复加，对于圈里人士略显浮夸处处凹着的造型，表示无法理解。

我觉得人应该追求一些更实在的东西，更真诚的表达自己的物欲和情感，而不是非要随着品牌的洗脑，凹出一些自以为是的造型。

哪怕，这个实在的东西具化成为一张5块钱的煎饼，也是真实而坦然的。

思想转变的有必然也有偶然，偶然的只是时间节点，必然的是在历经虚荣浮夸之后，心智正常的人类总想找个出路，找个突破。

我的上司C姐姐辞职后也是同感，她神奇的拼到了百万年薪之后，突然辞职不干。当然，不是小文青想的辞职去旅行，而是突然间觉得，当初追逐的东西，不是自己想要的了，是换一种方式去追逐罢了。

我在想是不是很多人，都有那么一瞬突然觉得，原来最初的梦想，在快要实现或者已经实现时，并非自己想要的样子——从怅然若失，到不知所措，然后因为质疑自己奋斗的意义，痛哭一场或者干脆甩膀子去高纬度无人区"寻找自己"。

然而我却觉得，最初的梦想本就不会是最后的仪式，只是我们顶礼膜拜得太过投入，才忘了初衷。不论职场还是情感，一番狂热的追逐之后，发现得到的并不是想要的，是再正常不过的事情，它只是敦促成长，微调航向，继续前进的必然过程。

不是么？爱情也是同理。

不晓得是不是每个人的爱情剧里，都有一个完美的男主角登场，开启这段华美的章节，我确实有一个。

他出现在朋友的生日趴上，因为酒精，整个会场high到爆，场面相当混乱，压轴的真心话大冒险，也已然变成了醉鬼发飙的舞台剧。然后，骰子摇到了我和S，轮盘机上显示了"拥抱"。虽然彼时的我，脸皮不厚，但是对于拥抱也挺无所谓，何况抱的还是个干净阳光的男生。不过，抱在一起的一瞬间，我倒着实心动了一下，不是因为这个人是S，而是因为他略略含胸的一个动作。

外人看来，我们结结实实地抱在一起，不过，他确实非常君子的没占半点便宜。如果说对一个人心动需要一个理由的话，我想这个就够了。细心、真诚、温暖、干净，他的出现，就是我心里的模样。

然后，我们自然而然的，随着好朋友相继组局，仨一起坑儿牌、吃饭、漂流、旅行。他可以在凌晨散场之后，开车穿越大半个城市送我回家；可以在生日时，准确无误的送出你惦记已久的手链；所有动作，都可以解释为爱，但却从来不着边际的掩饰掉了最后需要说出口的一句。以至于到最后，除了我们两个当事人之外，所有人都认定我们一定会成为一对儿资质良好的情侣。

但蹊跷的是，我一直没能等到那句"在一起"。

然后，我们就变成了言情小说里最烂的桥段，一直在错过。

2年之后，我毕业工作，他学成出国了。天各一方，幻想慢慢开始泯灭。即使偶尔会在越洋电话里，因为心事或不能外道的委屈，可以莫名对着他大哭一场，也逐渐学着接受这样的现实——不会在一起。

然后，我们开始彼此在各自的世界里，开始恋爱，开始遇见不一样的人。

然后，我结婚了，他回来了。和无数中国夫妇的新婚夜一样，我和大熊开始拆来自亲朋好友的新婚馈礼。大熊惊讶地指着一套Baccarat的红酒杯，感慨着好品味的时候，我翻开贺卡看到了落款处S的签名。

演唱会上，李宗盛在开唱前问全场：有人问我你究竟是哪里好，这么多年忘不了？众人齐声回应：鬼迷心窍。其实，哪有可能是因为春风比不上你的笑，也更不是鬼迷心窍，一切的一切只因为，你是我那时求而不得的梦。

至今我也可以坦然承认：S是我对于爱情最初的梦想，那些没有说出口的誓言，从未黯淡；那些隐秘琐碎的时光，从不曾忘怀。只不过我和大熊嬉笑怒骂，背心大裤衩菜篮子掉节操的生活，才是我爱情最终的仪式。

梦想和仪式虽然大相径庭，但好在我都感恩幸福。教会你人生舞步的人，未必陪你到散场，那有怎样？莫忘不负初衷就好。

有些梦想，纵使永远也没办法实现，纵使光是连说出来都很奢侈。但如果没有说出来温暖自己一下，就无法获得前进的动力。我之所以这么努力，是不想在年华老去之后鄙视我自己。活得充实比活的成功更重要，而这正是努力的意义。

CHAPTER
03

不敷衍
现在在做的事

前进的路上,哪怕大雨浇湿全身,也不要停止奔跑。如果前方是堵墙,拼尽全力也要砸出一个洞钻过去。如果脚下没有路,踩着荆棘也要努力踩出一条路。

肯努力的话,哪条路都能通罗马

1

小满是我的大学室友。

2008年,我以压线的分数,考进省内一所二流大学,内心欢呼雀跃得像个拿到糖果的小孩。随心所欲的这些年,能上本科,对我来说已经是额外的垂青。

这种隐秘而微妙的喜悦,一直持续到大学开学。那天,当我推开宿舍门的时候,小满正哼着不着调的歌,一个人自娱自乐地铺被子。看到我,她莞尔一笑,跟我打招呼说"你好"。简单的两个字,夹杂着浓厚的乡音。

可是你知道吗?就是这个普通话糟糕得让人着急的姑娘,有天却拉着我去广播站报名播音员。我狐疑地看着她,问:"Are you sure?"她坚定地点头,说:"试试呗。"

面试那天,小满姑娘一开口,台下笑成一团。我却被她这种"自不量力"的样子所打动,轮到自己上台的时候,我第一次尽百分的努力去做一件事。后来的录取名单里没有小满,我却阴差阳错进了广播站。

这之后的很多个早晨,总能看到小满站在操场上,旁若无人地朗读文章。晨光中的她,执着得有些傻气。那也是我第一次发现,原来认真努力的姑娘,看起来真的很美。

小满来自偏远乡镇。开学那天,她的口袋里仅有五十块现金。这四年,她总是行色

匆匆,拼命读书,努力做兼职。就像深山里走出来的野玫瑰,活得很用力。

有次我忍不住问她,有必要这么拼命吗?她笑着回我,没听过那句话吗?没有伞的孩子,就只能努力奔跑。你看,只有这样,我才能填饱肚子啊。

我被这句话震慑住。想起宫崎骏动画片里的一句话:起风了,唯有努力生存。

你要问后来的小满对吗?很遗憾,可能让你有点失望。因为这样努力的她,后来也只不过是这座城市的大街上,一个极其普通的女孩子。这些年,她还清了助学贷款,有一份尚且稳定的工作。可是,单就这些,她也要付出比我们更多的努力。

因为小满,22岁之后的人生,我再也没有无知而狂妄地说过,那么努力有屁用。

对于这个世界上的有些人来说,努力只是为了过上普通人的生活。

2

Emily是我来上海后,遇到的第一个女上司。

那是2012年,我因为一个男生而急吼吼地奔赴一座城。那时我所谓的人生理想,不过是找份清闲的工作,每天准时回家,为心爱的人洗手做羹汤。

很不幸,我的上司Emily无比热衷于工作这件事,加班是家常便饭。

Emily比我大五岁。她很漂亮,不是那种简单地长得好看,而是一种精致到骨子里的大气与从容。见到她的第一眼,我有些肤浅地困惑:这个

女人明明可以靠脸吃饭,何苦这般辛苦地跟事业死磕?

我和Emily气场不和。有天,她将我连夜改的方案批得一无是处,我与理据争,做好被她炒掉的准备。可中途她突然停下来,看着我,笑着说,能这么牛哄哄地跟上司顶嘴,大抵是有退路吧?

她说得对,我有退路。

我的学长男友说,赚钱养家是男人的事,你负责貌美如花就好。情话真好听。可就在这一年的秋天,他却毫无征兆地劈了腿。

我的天空像是缺了一个角,瞬间塌了下来。下班后,我一个人跑去衡山路酒吧喝酒。喝到后来,说不清为什么会给Emily打电话,只是下意识地觉得,这座城市找不到比她更合适的人来倾诉悲伤。

那天是我第一次见到Emily的男友。我一直觉得,像Emily这样强势的女人,就该孤苦伶仃一个人,可坐在她身边的这个男人,明明就是传说中的高富帅。看向她的眼神,有饱满的爱意。那也是我第一次见到工作之外的Emily,很温柔,也很可爱。

那个夜晚,Emily安静地陪我聊天,像多年的老友。第二天,我收到她的一封邮件,她说,知道吗?有时看到你,就像是看到多年前的自己。你昨天问我,为什么要拼命工作?我的答案是,努力一些,也许就能在爱情里从容一些。

想起很久前的某本言情小说里,有这样一段话:我认真学习、卖力考试,辛辛苦苦打拼事业,为的就是当我爱的人出现,不管他富甲一方,还是一无所有,我都可以张开手坦然拥抱他。

Emily让我知道,好的爱情,应该是各自独立,再努力走到一起。

后来,我也变成了很多小姑娘人生当中,第一个女上司。偶尔我也会借用Emily的句子,来善意地提醒她们:女孩,努力工作,这很重要。

3

K小姐是我高中同学,我们失联很多年。和她重聚,是在2014年5

月，我去北京出差。

出发前，我在签名上挂出"谁在北京，有事相问"时，第一个跳出来的是K小姐。电话那头的她，声音明快干净。我很难将她和记忆里那个忧郁沉默的小女生联系在一起，有种断片的不真实感。

特别是第二天，当我在首都机场的出站口看到她的时候，忍不住瞪大眼睛，感叹时光在她的身上做过怎样的手脚。眼前的她，穿修长连体裤，踩八厘米高跟鞋，干练且漂亮，有种气定神闲的自信。

我想起高一那年，毫无存在感的K小姐突然宣布退学。这件事，并未引来多少惋惜。毕竟以她的成绩，按照正常的轨迹，未必就能在两年后考上大学。

K小姐搬着书本离开的那个黄昏，带着一意孤行的孤独。那时我还是个小文青，她的背影让我想起了莱蒙托夫的一首诗：一只船孤独地航行在海上/它既不寻求幸福/也不逃避幸福/它只是向前航行/底下是沉浸碧蓝的大海/而头顶是金色的太阳……

而眼前的K小姐，像是被时光点石成金。

她在京城和男友开一家装修设计公司，爱情美满，事业顺利。毫无疑问，这是个励志的故事。你能想象吧，在大学生一抓一大把的京城，谁会相信一个没有学历没有经验的小丫头片子可以玩设计？K小姐和我在簋街吃着美食，聊起往事的时候，处处轻描淡写，却还是听得我热血沸腾。

在K小姐身上会发现，努力这件事，有时可以让我们在主线之外，多条副线。就像里尔克在诗里写的：他们要开花，开花是灿烂的；可我们要成熟，这叫作幽暗而自己努力。受她启发，我花一整晚的时间，研究客户的个人偏好。然后滴酒未沾，顺利签下一笔大订单。

有些路走不通时，不妨拐个弯。肯努力的话，哪条路都能通罗马。

4

最后，我想说说90后姑娘，Judy。

2015年4月，团队的team building，选在天钥桥路的豆捞坊。觥筹交错间，窗外的阳光明媚得耀眼。就在上个礼拜，我们尚且在为一个重大项目，每天加班到深夜。这群人里，也包括Judy。

Judy是本地人，也是传说中的"拆二代"。她家在闵行有三套拆迁房，而她那100平的单身公寓，位于"魔都"中环。有人揶揄她，我们奋斗一辈子也赶不上你，你又何必这么辛苦？鬼灵精怪的Judy慢悠悠地答，人生那么漫长，如果不努力做点什么，一辈子得多无趣啊。

有人说她矫情，可我真是喜欢这个答案，像是回答了我青春期里的困惑。

十七八岁的那几年，人人都在意气风发地往前赶路，马不停蹄地力争上游。我却悠然自得地觉得，不那么努力也很好啊，人生又不能"一日看尽长安花"。

是在很多年之后才知道，关于努力这件事，有人是出于热爱，有人是为了生活，还有人仅仅只是不想让人生太无趣。就像知乎上有人说的：如果一辈子都满足于吃回锅肉的话，那肉夹馍和锅包肉怎么办？

站在28岁的门槛上，回过头来看那个当初说着"我才不要努力"的姑娘，我忍不住在心里感叹：年轻真好，一切想法都可以被原谅。快意恩仇是对的，胸怀大志是对的，与世无争，无所事事也没错啊。

可后来，那些出现在我生命中的姑娘让我明白：任何事都值得全力以赴，努力永远是成长的真命题。

我从来没告诉过她们，我真是喜欢她们低着头向前赶路的样子，看起来还挺美。

请不要在最能吃苦的时候选择安逸，没有人的青春是在红地毯上走过，既然梦想成为那个别人无法企及的自我，就应该选择一条属于自己的道路，为了到达终点，付出别人无法企及的努力。

做自己想做的梦，去自己想去的地方，做自己想做的人。因为终有一天，你会因为今天没有勇气做到的种种而后悔。梦里出现的人，醒了就去见他；心里藏着的事，努力变成现实。因为年轻只有一次，生命只有一次

每天进步一点点，
最后你也能成为一个优秀的人

1

你可以暂时不优秀，但不可以一天不进步。

每次我异想天开的时候，我的酒鬼师傅就会这样教训我，目的是让我能沉下心好好修炼。

外面的花花世界实在是太精彩，太诱惑人了。听说阿里山庄的马庄主，双十一一天就斩获了一千多亿的银票。万达帮的王帮主，随随便便就要让人定下一个亿的小目标。还有华为宗的任宗主，打败了几家跨国帮派，现在隐隐有引领整个行业的趋势。

可是我呢？只是个无名小卒。其实我的要求也不高的，我不求能像他们那样，名满天下，我只求能有一个自己的小帮派，然后每天听手下叫我一声帮主，我就心满意足了。

老酒鬼还有一句经常教育我的话，"你一定要努力，但千万不要着急。"也不知道他都是在哪学的这些话，我猜他一定经常看鸡汤文。

老酒鬼教给了我许多他口中的绝世武功，但我却从来不叫他师傅，都

是直接称呼他老酒鬼。他也不叫我徒弟，直接称呼我为小子。

老酒鬼爱喝酒，喝醉了以后还爱吹牛。这天他又喝多了，我知道，今天我的耳朵又要遭受到他的摧残了。

我以为他又会老不正经地和我说他以前的风流韵事，没想到这次，他竟然一派正经的给我讲了一个故事。

2

你知道星空宗么？就是现在武林第一大帮派的那个。现在的武林盟主，号称天下武功第一的星空宗主，其实是我师弟。

老酒鬼，你喝醉了，别说了，赶快睡吧。真是受不了你，还星空宗主是你师弟，你怎么不说你自己就是星空宗主呢。

小子，你别打岔，听我说。

老酒鬼发怒了，这还是我第一次见到他发怒。平时的他确实是有点为老不尊，和我也总是吵吵闹闹的，但从来没有发过脾气。看着他愤怒的表情，我也有点怵，就老老实实地听他说了起来。

三十年前，当时的我年龄和你差不多，青春年少，风华正茂，正是急于想表现自己的年纪。

很小的时候，我就拜入了星空宗，成为上代宗主的徒弟。我看着外面的花花世界，看到那些牛逼哄哄的武林高手，觉得拜入星空宗的自己，未来一定也会成为一个很厉害的高手。

你一定有过这样的经历吧，自己从来都没努力过，却总是幻想着自己突然就成为很优秀，很厉害的人。当时的我就是这样，别的师兄弟都在努力的练基本功，我却费尽心思地讨好我师父，只为了能得到他的真传，这样我就可以一步登天，直接学习高深的武功了。

上天总是很公平的，我不努力练基本功的结果就是在年末，功力评测的时候拿了个倒数。当时的我明明知道通过努力练基本功，就可以摆脱倒数,但我却依然觉得这些基本功没用,我是要学习高深的武功,成为高手的人,怎么能把时间浪费在练习基本功上呢,有这时间,我还不如多睡会觉呢。

很快的,我们就被派到江湖上,开始历练。

到江湖上以后我才知道自己的不足,我除了能拿着星空宗这个虚名狐假虎威以外,随随便便出来一个小门小派的人就把我pk下去了。

这可真是个悲伤的事情啊!

3

慢慢地我发现自己离高手越来越远了,这让我感到很恐慌。更让我感到恐慌的是我喜欢上一个姑娘,姑娘也很喜欢我,但她家人却让她比武招亲。

比武那天我去了,最后是我师弟,也就是现在的星空宗主抱得了美人归。当时我悲伤,愤怒,痛恨。

悲伤的是自己心爱的人要和别人结婚了,愤怒的是新郎是我师弟,痛恨的是自己的无能,连自己师弟都打不过。

从此以后,我就离开了星空宗,开始了一场自己一个人的修行。

我苦练了二十年,终于大功告成。我要做的第一件事,就是要去挑战天下第一的星空宗主,也就是我师弟。

决战是在星空宗的后山进行的,不得不说,星空宗主的武功确实是高。我苦练二十年,本以为没人再会是我的对手,可没想到我们竟然不相上下。

我不甘心,我二十年的努力不能白费,我说什么也要打败你。最后我故意漏了个破绽给他,没想到他果然上当了,当他的剑刺中我的手臂的时候,我的剑也刺向了他的心脏。

我本来想剑刺到他的身体就停下,毕竟我只是想赢他,不想杀他。就在我马上要刺中他的心脏时,突然他的妻子冲了出来,挡在了他面前。我也因为收手不及,直接刺穿了她的心脏,当场毙命。

当时我都傻了，我想不到她会奋不顾身地替他挡剑，我也想不到自己会亲手杀了自己曾经最爱的人。

4

你知道我为什么要教你武功么？就是因为我看到现在的你和当年的我是那么的像。该努力修炼基本功的年纪，却因为受到花花世界的影响，变得越来越浮躁。

明明知道不可能一下子成为优秀的人，却不愿慢慢来，总是幻想着能有什么奇遇，从此平步青云。

小子，努力练好你的基本功吧，不要嫌枯燥，因为这是你通往高手的路上必须要经过的，没有任何的捷径可走。还有最重要的一点，就是不要像我一样，因为自己的不努力，导致心爱的女人都娶不了。

"唉。该死，今天不就是那个女人的忌日么！都这么多年了，为什么到这一天还是会很难受呢？不说了，睡觉了。"说完，老酒鬼就自顾自地回房间睡觉了。

看着老酒鬼的背影，我陷入了深深的思考当中。老酒鬼说的每句话都像锤子一样，敲打着我的心。我确实是被花花世界迷住了眼，进入了一个恶性循环。想成为高手，想成为优秀的人，不努力学习，却想着一下子就成功。没成功就开始焦虑浮躁，越这样越不想努力学习。这个可真不是一个好的事情。

你一定要努力，但千万不要着急，现在的你可能不是很优秀，但我相信，只要你每天都进步一点，我相信最后的你一定会成为一个很优秀的人。

永不要羡慕那些生而富贵的人。物质世界无穷尽，最重要的不是拥有什么，而是努力改善，使生活充满希望，使生命每天向上。不要求你有钱，但是要答应我，明年，下个月，明天，都比现在多一点。

没有努力过，就别说顺其自然，拼命争取过，才有资格说一句"随便吧"。在这之后，你想要的才会到来。做一个努力的人好处在于，人家见了你都会想帮你。如果你自己不做出一点努力的样子，人家想拉你一把，都不知你的手在哪里。

每一个踏实努力的现在，都能让我们不畏将来

1.

前阵子，邻居打算把老家的拆迁证卖掉。妈妈一直想买房，就准备把这个拆迁证收了。

不过，她手里的钱不多，买房还差50多万。她不想贷款，就跟我们姐妹俩商量，看能不能帮她凑一凑。

我们了解妈妈的心意。她不缺房住，就是想做点投资，将来为我们姐俩多留点财产。

可惜这个投资并不好。房子什么时候盖不知道，盖在哪里也不知道，是否升值更是无从说起。我和妹妹都不建议妈妈买。

再加上我家刚换了车，没什么闲钱。妹妹的钱也都砸在了生意上，一时半会收不回来，就算有心支援也是无能为力。

就因为没有从女儿们身上借到钱，妈妈伤心了。

那两天，妈妈唉声叹气，嘴里常说的话就是：儿女都不可靠，钱还是得自己有。

不仅话说得悲观，连心也变得敏感。我们随口聊的天都能勾出她的心酸。

她会把那些闲聊引申出各种各样的故事，一股脑套在自己身上扮演悲苦女主角，然后越想越觉得自己没有依靠，晚景堪忧。

爸爸劝她别多想，把我和妹妹对她的好一件件掰扯出来，力证她绝对不会没人管。

可妈妈还是不能释怀，她心里只有求助不得的忧伤，我们以前对她的那些好就像雾一样，在她的心里通通消散了。

一个缺乏安全感的人，无法容忍别人一丁点的违背。哪怕别人的不顺从有理可据，在他眼里也是不再爱他的意思。

他会全心全意地揪住这一丁点的不好，让这点不好肆意夸大，大到湮灭之前得到的所有的好，然后孤注一掷地认为自己完了。

2

妈妈的表现让我想起了刚结婚时的自己。

记得结婚的第一年，我和先生经常吵架。基本一个月就能来一次惊动邻居的大吵。

我总觉得他对我不够好，一点的不如我意都能被我上升到他不爱我的层面，然后就难过委屈，哭得梨花带雨。

好在，每次吵架的结局我都"被赢"。先生主动认错示好，听着我一一历数他的不是，以及对他提出的各种要求。

你和我都没有什么共同语言，你应该多了解我的想法和爱好；

你说的话让我不爱听，你应该学学如何沟通；

你都不知道我想要什么，你应该时刻关注我。

……

现在想来，那时的我实在是太过于放任自己而要求别人了。

没有共同语言，为什么要求先生去了解我的兴趣和爱好，而不是我去了解他的？

对话不愉快，为什么要求先生去提高沟通技巧，而不是我自己去提高？

不知道我的心思，为什么要求先生时刻关注我的内心，而不是我试着向他袒露心声？

当你没有安全感时，就很容易对别人要求太多。

我们无法看到自己的不足，所以才总觉得别人不好。我们无力改变自己，所以才总习惯给别人提要求。我们自己就是空的，所以才要求别人不断给予。

可是，不断地被人给予，安全感就真的有了吗？

3

大姐在两年前辞掉了工作，在家做全职太太。

之前的工作给大姐的压力太大，她整天神经紧绷，愁眉苦脸。姐夫看着心疼，就让她辞职了，反正家里也不缺钱。

起初，大姐还蛮享受不用上班的惬意生活。可没多久，她就心底发虚。自己不赚钱，怎么都没底气。

虽然姐夫会给足生活费，让大姐花钱不愁，但她还是觉得不牢靠。

因为在钱上没了底气，大姐整个人都丧失了自信。她总担心被老公嫌弃，想着万一哪天离婚了，自己一毛钱不挣，连养活自己的能力都丧失了。

尽管姐夫再三强调不会嫌弃她，更不会跟她离婚，甚至把工资卡都一并交给大姐管理，但大姐的心还是不踏实，对未来充满不安。

她跟我说，虽然现在有花不完的钱，但谁又能保证将来呢。万一你姐夫失业，或者他抛弃了我，我连点经济来源都没有，怎么应对？

我们总在抱怨别人给不了自己安全感，其实安全感更多来源于自己。

一个没底气的人，别人再怎么给，他还是没有安全感。

因为别人已给的，只会发生在过去和现在。将来还没到，给予的承诺再真诚，在没发生之前也是空话，它会随时生变。

安全感，不仅仅是对现在的感受，更多的是对将来的感受。将来的事，总归是靠自己才更牢靠。

4

安全感是每个人的心灵所需。有了它，就像不倒翁有了坚实的底座，即使摇晃得再厉害都能恢复平静，稳定不倒。

小丽离婚了，因为老公出轨。

离婚时，小丽没有得到任何财产。房子是前夫婚前买的，家里的积蓄又被前夫偷偷给小三败光了。

中年危机的年龄，失婚、没房、没钱，小丽彻底跌到了人生谷底。

小丽的妹妹去陪她，想多多开导她，免得她想不开。

只和小丽聊了一会，小丽的妹妹就发现小丽根本不需要担心。

她完全没有陷入对未来的不安之中，反而情绪稳定，心态积极，一副老娘随时可以"东山再起"的架势。

随后一年的时间里，陆续发生的事见证了小丽妹妹对小丽的预判。

因为不用跟搞外遇的丈夫生气，小丽的心情和精神面貌越发好了。

没有了糟心的家事，小丽有了时间和精力带着女儿出去旅行，和闺蜜好友们聚会，日子比之前过得还滋润。

她本就有一份年薪不错的工作，只存了半年的钱，就付了首付给自己买了一套房。

就在前几天，小丽还向大家宣布交了新的男朋友，第二春也跟着来了。

小丽没有在遭遇逆境时失去安全感,是因为她始终对自己有信心,她相信自己一定能好起来。

全身心被安全感包裹的人,从来不是因为他们时刻处在顺境之中,而是因为他们始终相信,哪怕遭遇不顺,自己也能走出逆境,越来越好。

5

当然,这种扭转危局的自信是需要自身的能力的。

公司在上半年裁掉了不少员工。

其实裁员之前早有迹象,很多同事都惶恐不安。

有次私下闲聊,我问同事小米是不是也很担心被裁。

他说不担心,反正被裁了立马就能找到一份新工作,正好趁机给自己多要点工资。

裁员果然没有他,他不仅没被裁,还升了职加了薪。

原来铁饭碗不是一份永远不会失业的工作,而是随时都能获得更好工作的能力。

小米就是这种有能力的人。

技术上遇到疑难杂症,别人几天攻克不了,交到他手里几个小时就能搞定。

客户刁难,别人怎么劝,客户都不依不饶,他一出面,几句话就能缓和客户的情绪。

新来的大牛同事不服管理,别人说话他都顶两句,和他合作时,大牛同事就很服气。

正是因为他拥有别人没有的能力,才能不用像别人那样忧心忡忡,担心裁员的事。

其实想来也正常,看那些担心丢工作的员工,大部分都是职场菜鸟。达人们只会烦恼到底选择哪家公司,他们才不会担心没人要。

决定别人是否抛弃你的，说到底总归是你自己；决定将来的生活是否稳妥顺遂的，说到底总归是现在。

安全感从来不是无缘无故就有的。你的能力越强，你的安全感才能越足。

每一天，为明天。我们每一个人都应该过好现在。每一个踏实努力的现在，都将化成骨子里的底气，让我们不畏将来。

如果你不相信努力和时光，那么时光第一个就会辜负你。不要去否定你的过去，也不要用你的过去牵扯你的未来。不是因为有希望才去努力，而是努力了，才能看到希望。

一只站在树上的鸟儿，从来不会害怕树枝断裂，因为它相信的不是树枝，而是它自己的翅膀。与其每天担心未来，不如努力现在。成功的路上，只有奋斗才能给你最大的安全感。

努力可能不会让一个人咸鱼翻身，但不努力就什么都没有了

那些停在井口的蜗牛，和躲在井下面的青蛙，结果都是一样的：它们都没有看到整个宇宙。

1

毕业第二年，我选择辞掉工作，开始专职写作。

因为毕业第一年年末，就有出版社找到我，把我大学里写的稿子集结成书去卖。

第二年，我拿到了一些稿费，加上平时写的专栏、散稿，算一算整体收入基本可以维持生计，于是也没多想，在一次和领导激烈争吵之后便离职了。

必须承认，我是一个脑子一热就容易犯浑的人，尤其是在做决定这件事上，很容易把未来想得太过美好，把困难想得太过微小。

之前总觉得，自由工作应该是这样的一副慵懒的场景：每天早上睡到自然醒，等着阳光漫过窗帘最顶端的时候我才起床，整理好床褥，把书桌

收拾一番，烹调好前一天准备好的蔬食，享受最慵懒的阳光和早餐，再泡一杯咖啡，打开电脑便可以开始一整天的写作生活。

可事实证明，这样的生活我只享受了一两个礼拜，便开始陷入了无限的焦虑之中。

因为许多看似简单又很关键的事，我下一本该写什么，签给哪家，写完了专栏，剩下的时间又拿来做什么？

度过了一个月的生活，也思考了一个月，我开始变得焦躁不安。

我明明把所有的时间都分配得很好了，看书、写作、整理素材、再看书收集资料，再写作……但依旧十分迷茫。

我知道即便是自由工作，也是需要有一个明确的规划，所以都很珍惜平时的每一分钟，甚至放弃了更多的睡眠和享受，可即便这样努力，我依然感觉每天无所事事，不知道未来该怎样，可以写什么，写什么可以赚钱，写作的出路在哪里。

时间在我的焦虑之中一天天度过，当有些专栏到期，杂志想找一些新作者不再需要我，当很多散稿也时常不再刊登自己的文章，当下一本书不知道能不能出版，该签哪家，我才开始明白，原来自由工作的关键，并不是你只要可以管理好自由的时间就可以了，更关键的是，这些自由的时间必须你知道要做什么，做什么可以赚钱。

我在此之前并没有考虑到，甚至都没有计算好在北京一年的开销，以及我写作一年的收入。

我把银行的单子打出来，有把收过的稿费单也拿出来，一算才知道，这半年多我的稿费居然不及我工作三个月的收入。可笑的是，当年第一份的工作只有4500的工资。

这证明了两点：一点是写作的收入实在是太少；另一点是，我拼命发展的方向错了，全职写作并不是一个理想的职业。

所以，通常并不是我们努力得不够多，努力的方向更是至关重要不是么？

痴迷于某件事情是没有错的,选择把它当成事业也可以,但不论怎样,这件事至少可以维持自己的生计才行啊。

人生不如意十有八九,出现"都努力到这个份儿上,怎么还是不行",可能大多数情况是你努力的方法错了或者方向偏了;"我明明很用心了,可他为什么还是不喜欢我",很用心只能证明你的诚意,但对方是否真的对你有感觉,你用心的方向是否正确,则是两码事。

当我发现专职写作这条路行不通,那马上再投简历,去找一份比较安稳的工作,工作之余把写作当成一份爱好和兼职,便是我如今的出路。要知道,许多事并非"鱼"和"熊掌"的关系,变通一下便可兼得。

浅尝辄止,这个词并不是完全贬义。努力过了,如果不行,换一条路就是了。很多事没必要等到山穷水尽才肯罢休。

2

减肥,也是在我专职写作那一年多时间发生的事。

要知道,我之前可是一个260多斤的死胖子。肥胖的原因多种多样,一个是从小生病打过激素,本身就很难减,另一个是经历几次减肥失败,每次反弹都要比之前重20斤左右。

我一共减了三次,只有最后一次才把体重稳定到还算标准的水平。

如果说有什么诀窍,那就是我在这一年多终于明白了一件事:减肥不是说减完了就可以去放肆吃喝的事,而是你终生都需要为你的身材买单。

总结前两次的减肥,第一次是减了三四个月,第一个月减下去能有十七八斤,不管是水还是脂肪,总之体重下降了这么多。

可接下去两个月,我却发现每个月只减了七八斤甚至更少,到后面甚至每周体重反增不减,看不到任何效果。

懈怠是自然的事,对胖子而言,没有什么比看不到数字变化更令人丧气的事了。所以第一次减肥，在第一个平台期到来的时候宣告失败。

第二次减肥，维持了半年多，顺利度过了两个平台期，也减下去三十多斤，可最后失败却是因为饮食上的不节制。

每一个胖子都有一颗减肥后"吃掉全天下来犒劳自己"的心，我也是一样。怎奈犒劳的期间，一个礼拜增长的体重居然是我之前两个月减下来的分量。

这还让不让人减了？简直是晴天霹雳一般。于是，放弃。

只有最后一次，是我听到了身边一个邻居告诉我的故事，心态才有所调整，觉得减不下来，还是因为坚持的时间不够长。

他也是个胖子，他这种肥胖和我的还不一样，他是当年做运动员之后，退役下来不运动造成的反弹。

减肥对他而言，也不是一件易事，甚至他在前面两个的时间，连十斤都没有减下去。可他必须坚持，因为他准备和自己的未婚妻明年订婚，还想要拍一套完美的婚纱照。

所以他一个月接着一个月，早上晚上各跑一个小时，一如往常。

奇迹就发生在减肥后的第四个月，他的体重开始每个月以十斤的速度迅速减少，肉也一天天从紧绷变得松弛，身材也从臃肿变得标志。

嗯，他的平台期一开始就降临，直到四个月之后才顺利度过。可之前的四个月如果他没有熬过去，也一定不会看到任何希望。

努力常常就和减肥一样，哪一个胖子瘦下来的时候没流过成吨的汗水，大家都一样。只是减重失败的人，流下的汗水还不够多，付出的牺牲也还是不够。

不论工作或是生活，都是一样，似乎这世上很少存在不去努力的人，毕竟大家都是对幸福怀有追求的人。那么有些人得到了他们想要的，有些人没有，差别一是他们努力的程度如何，二是他们努力的时间。

那些停在井口的蜗牛，和躲在井下面的青蛙，结果都是一样的，它们都没有看到整个宇宙，因为它们都没能坚持爬过井口。

3

我在重新工作的时候，多少也算是一名职场老手了，至少看到那些刚刚毕业的人，也能找到自己当年的影子。

后面带过两个编辑，还有一堆实习生，才发现自己当了领导，和自己做员工的感受是完全不同的。

每个身份都从自身的利益去想问题，我所想的是怎样向上面交差，而他们想的是向我交差。我算是一个中间地带的层级，上有领导，下有员工。

很有意思的是，我对上级报告的时候，估计是和下级对我的报告是一样的。我会夸大我的努力程度，而上级却一再打压自己，觉得你还是做得不够。

当然我也经常会这么想："我这把年纪都这么努力，可是现在的年轻人怎么说不干就不干了呢"，"大家就不能团结一点，把绩效搞上去么"，"什么事都要我来管，那么你们的意义何在"……

我们一边抱怨着，一边把自己的努力程度和别人去比较，我们夸大自己努力的同事，又加重了对别人的不满。

除去职场，在家庭中我们也是一样，妻子认为自己又工作又做家务，为什么这些年没有得到表扬却仍是一堆抱怨，丈夫认为这些年别无二心勤勤恳恳，回到家里妻子怎么还是摆着一副臭脸，就连孩子也会抱怨，我都这么努力学习，乖乖听话，怎么还得不到表扬呢？

看吧，每个人都一样，以自我为中心，衡量着周围人的努力。

可是努力这件事本身就无法用客观标准去衡量的，说到底也不过是每个人主观的东西，也就是你自己认为的，和别人看到的根本就不一样。

比如你今年一年赚了二十万，自己觉得这一年十分辛苦，但对于一个泥瓦匠看来，你的辛苦不过是出身比他好，地位比他高所以你的薪水还有很多运气的成分。

可是对于那些年薪百万的人来说，这些努力又能够算什么呢，你周末休息，平时有娱乐时间，完全没有把所有的心思都放在一件事上，所以，你也就那样了。

正因如此，我们不应该只觉得"只有我一个人在努力，其他人都无所事事"，并且一遍一遍用这种潜在的想法去暗示自己，反倒应该去看到别人身上的闪光之处，认为"每个人都那么努力了，我也不能懒惰"才是。

说到底，努力除了主观的感受，它也不过是一个方程式里的一个小小因素罢了，譬如运气、机会、积累、环境种种，都是人生方程式的一部分。

或是努力的方向偏差，或是努力的程度不够，或是每个人天赋有异、对努力的理解不同，种种原因造成了结果的千差万别。但你只要知道，努力很可能不会让一个人咸鱼翻身，但不努力就什么都没有了。

那些真正生活得很好的人，通常都不会把自己的成功归结为不懈的努力，不论是颁奖感言还是平日闲聊，他们的态度都是如此。

想想也会知道他们一定是经历过很多，妥协过很多，也努力付出过很多的。

只是在他们看来，最佳的努力不过是：但行好事，莫问前程。

努力的意义，不在于一定会让你取得多大的成就，只是让你在平凡的日子里，活得比原来的那个自己更好一点。

不奋斗，你的才华如何配上你的任性；不奋斗，你成长的脚步如何赶上父母老去的速度；不奋斗，世界那么大，你靠什么去看看。一个人老去的时候，最痛苦的事情，不是失败，而是我本可以。

人不要太任性，因为你是活给未来的你

1

小时候，妈妈说，琴棋书画的，总得会一样，怎么都是加分项。于是，练过钢琴，学过书法，下过象棋，没事干的时候涂过鸦，每一次填兴趣爱好的时候，都是一堆，填特长的时候，没有。

长大后，工作了，无论在哪个公司，搞活动，办年会，出节目。没有才艺的人，在这种时候，总是最难熬的。看着同事们一个个地在台上生龙活虎，乐器舞蹈唱歌样样行，心想着当年我也是学过乐器的人。

小时候，运动仅限于学校的体育课。理由一大堆：学习紧张压力大；没时间运动；我在长身体要营养啊……终于到了大学，发现身边的姑娘怎么都那么漂亮，那么会打扮。在最好的年月，遇不到最好的人，前期越偷懒，后面越尴尬，一尴尬就容易错过最好的时光。不是青春抛弃了你，而是你握不住啊。

大学期间，有学霸天天背英语，有我等学渣天天看美剧。差不多嘛，我们看美剧也是学习。最起码，我们了解了欧美人民水深火热的生活状态啊。

毕业时找工作,看到心仪的职位,后面总会有一句:英语听说读写熟练,能作为工作语言。遂放弃。这一放弃,就放弃了好几年,也没真的进过外企。而那帮子英语好的学霸们,早已经和我等不是一个工资级别了。

这世界,果然是有因果的。曾经给自己找过的所有理由,最后被现实冷冷地拍在脸上,变成两个大写的"尴尬"。

2

我以前有个室友Lily,微胖,单身,做着一份不咸不淡的外企工作,有的时候,需要和外资客户接触,不过她领导出去谈客户,从来不会带她。因为她口语不好,也不会打扮。

她偶尔会抱怨生活,也会抱怨自己。她总是给我说,我现在的最大问题,就是胖,英语不好。就这两点,拿下了,就没问题了。她渴望扩大交际圈,见一些大场面,找到一个优质的男朋友。她常常做计划,可惜她太忙,只能常常说到时候再看,反正现在的生活是过得去。

但也有过不去的时候,有一天晚上,Lily回家,垂头丧气,哭着跟我说完了一天的遭遇。

原来昨天,Lily暗恋了很久的男同事约她吃饭,于是一早上翻箱倒柜,但是在冷静后她发现,由于长期对自己的懈怠,衣柜里没有一件合适的衣服;而因为自己微胖的身材,买裙子时,怎么看着都不顺眼;想要好好搭配一身有品位的行头,脑子却一片空白。

试裙子时,看到腰上凸出来的肉,对自己的气愤和后悔已经达到顶点。恨不得拿刀割了去。怎么不早减肥呢!哪怕三个月之前开始,晚上少吃一些,也不至于现在这样!

看着镜子里尴尬的自己,这时候领导居然来电话了,秘书出差了,要她去接一个重要的客户去餐厅吃饭,领导飞机晚点。如此重责大任,让Lily推掉了约会,同时也感谢了领导又让她找到了一个因为工作忙没时间打扮的理由,她到了客户住的酒店,打电话过去发现,对方是个法国人。会说英语,但是基本不会中文。

Lily这时候算是彻底的尴尬了。长期以来,她和英语的关系,只有看美剧。而且永远盯着字幕。曾经想过好好背单词,好好跟着美剧练听力,但是也只是一个想法永远地停留在脑子里。

Lily像个猴子一样,站在五星级酒店的大堂,手脚并用的和客户打电话,虽然对方根本看不到她的肢体语言,但是她完全无法控制住内心的着急。

接到客户后,Lily用仅存的英语单词和拼命挤出来的一些自控力,客气而有礼地把客户请到车上。酒店离餐厅不过10分钟的车程,这10分钟,Lily觉得有一百年那么长。她想活跃气氛,但是话到嘴边,又不知道该怎么表达。于是俩人就沉默地在车里看着窗外。司机尴尬得都打开了收音机。

终于,在第二轮尴尬的尾声,在餐厅看到了领导。他从来没有像现在这般高大过。他和客户谈笑风生,轻松自然地引导着客户入座。

餐厅装修得美轮美奂,服务员的笑脸到位而不肉麻,每一个动作都恰到好处的缓解着你的情绪,让人感到舒服而亲切。

Lily想好好地去享受这顿高大上的晚餐:只要他们能聊,我只是个撑场面的。一切都好说。

但是万万没想到,这才是最尴尬的时刻:服务员递来的菜单,一边英文,一边法文。

Lily的脸已经红到了耳朵根,心里不停地想:你们点慢点,再慢点,别问我,千万别问我。那个亲切的服务员,简直就成了高中正在提问的班主任,而Lily是那个平时不努力,什么都不会的坏学生。

最后她只好说,我和领导吃一样的。服务员还是很亲切地笑着说,好的小姐。可是,Lily希望他赶紧消失,因为她笃定那个服务员,早就知道她根本看不明白那些字母的意思。

端上来的每一道菜,都精致美好。清澈的餐前酒、充满香气的小面包、肥而不腻的鹅肝、鲜美的炝烤蜗牛、层次丰富的慕斯蛋糕……

可Lily完全没心思享用,她的关注点在:我到底该怎样用这些刀叉……

但是Lily那天回来说完了之后,居然没有抱怨,沉默了良久。我问她是不是心痛,她幽幽地回了我一句,不是,是脸疼。

3

我们每个人,都以为,自己的每一天,都会像前一天那样度过。哪怕有一些出入,都是在可控范围里的。我们从生下来后学习了各种技巧,让我们觉得,自己已经可以了,已经足够应付现在的生活了。你看,我不是把自己照顾得很好吗?

可是,我们可以照顾好自己,不代表我们不会碰到让自己无所适从的尴尬时刻。

你想找到一个优质的男朋友,以为男神会因为你美丽的灵魂从此对你爱得无可自拔。醒醒吧,这个世界就是看脸的。就算男神突然出现在你的面前,只会让拥有沉重肉身和满脸痘痘外表的你自卑到想逃;

你想获得一份高薪的工作,以为自己在原本的岗位上兢兢业业不出错,就可以顺理成章地往上爬。醒醒吧,越往上的工作,要求的能力和技能越综合。就算心仪的公司和岗位发来职位邀请,你能最大保持自己尊严的举动,也只是对自己摇摇头,然后礼貌回绝;

你想见大场面,结识更高水平的人,以为自己已经有了丰富的人生阅历,就可以和他们谈笑风生。醒醒吧,越大的场合,越高层次的人,需要的知识储备和技巧越多。而就算有机会能和重要人物同桌吃饭,你能做的所有的事,只是拼尽全力地保持头脑清醒,默默地保持微笑。

是的,无论任何时候,别人都不会让我们难堪。给我们难堪的,永远是自己。

因为我们总是觉得还有明天，时间还够。可是，生活最妙的地方在于随机的不讲道理。那些我们需要的机会，我们梦想中的场景，我们心仪的人，都可能在莫名其妙的时候，出现在我们的眼前，打我们个猝不及防。

每个人都知道努力的重要性，读书的重要性，技不压身的道理。可是，大多数的时候，我们更愿意任性地窝在自己的舒适区，每天过着下一秒都会知道妥妥发生什么的生活。

蔡康永曾经说过一句话：人不要太任性，因为你是活给未来的你。不要让未来的你讨厌现在的你。而每一个被啪啪打脸的尴尬时刻，都是最讨厌现在自己的时刻。

我们任何的努力，最终都是希望有体面的人生，而最体面的人生，不仅仅是吃高级餐厅，开豪车，住大房子，穿戴名牌奢侈品。

强势的人未必是强者。一个真正聪明的人，是客观看待自己和别人的人。刚者易折，柔则长存。"任性是你最大的敌人"，我们应该学会完善自己的个性，控制自己的情绪，莫过度任性而为。虽然这有点痛苦，但如果想要成功，就要记住：成熟的人做该做的事，而非只做喜欢的事。

这年代，竞争太多，陷阱太多，机会太多，诱惑太多，选择太多。其实能真正把握的只有极少数，人的精力是有限的，与其每个地方创一下看有没有金子，不如定下心，选好一个坚持到底。要想成功，要有执着专注，恒心和毅力，拒绝诱惑，忍耐孤寂，付出艰辛！

认真做一件事，并一心一意把它做好

1

小学一年级的时候，老师说，小朋友们，回家以后记得要把课文后的生字，每个字都认真写一篇哦！

那时的我们，回家第一件事，不是想着去玩，不是想着吃东西，而是真的认认真真把课文后面那些个生字写完。

随着年龄的增长，我们有了自己的主意。

放学以后，我们不再想着老师说的，一定得认真把作业写完；也记不得妈妈嘱咐的，放学以后要赶快回家，不要贪玩。我们留恋于路边的小花小草、小猫小狗，某某家父母又给他买了新玩具，看着动画片的时候还要想着去游乐园，写作业的时候想着吃冰激凌……

2

时间飞逝，一眨眼，你就上大学了。

上专业课的时候，你悄悄把手机藏在课本下面，老师布置小论文作业的时候，你去百度东拼西凑抄了几段。

　　你说，从今天开始，你要认真背单词，争取一次把四级考过。你正背着单词，一个朋友的电话来了，于是，你就跟着他们去打游戏了。

　　一晃，四级考试真的来了。而后，你发现，你背的单词始终停留在第一页的第一个。期末考试的时候，你又挂科了……

　　回到家，妈妈问你怎么考试不及格，你说考试的时候你病了。妈妈急忙问，要不要带你去医院做个身体检查？你心虚地说，不用，不用，吃点营养的就好了。

　　第二天，你妈妈起得特别早，去菜市场给你买了用来熬汤的骨头和最新鲜的蔬菜水果。可是，吃饭的时候，你说汤太腻了，你不想喝。

　　哦，你总是这样，做事不认真，时不时地撒点小谎，怕被责骂的时候博取点同情。好吃好玩，混日子一段时间以后，你开始迷茫了。你想着自己不是学习的料，是不是该出去创业；你想着是不是要嫁个有钱的老公，生个孩子，当个年轻的辣妈，从此过上幸福的生活。

　　可是，年轻的你，如果感到迷茫了，为什么不试着去改变一下自己的现状？为什么不能始终如一，专心致志呢？

3

　　什么时候，在成长的这条道路上，我们渐渐把自己曾经拥有过的最好的那个品质——专注——丢了呢？

　　当我们开始静下心来学会思考，当我们学会对每一件事都投以最大的热情，当我们学会全神贯注一心一意，我们的生活或许就会变得不一样。

　　母亲酿的手工米酒总是很畅销，品尝过的人都称赞那酒回味甘甜。而之所以如此，是因为在酿酒的每一道工序里，母亲都无比用心又专注。

酿酒的米选用的是家乡产的最优质的大米，蒸煮米饭的时候，无论火候还是温度都把握得很好。

最特别的是，酿酒用水不是普通的自来水，而是可以直接喝的井水，这种井水有种回甘的味道，这也是为什么我家的水用来泡茶也会格外爽口。

我见过母亲最专注的模样就是酿酒，她系着围裙，在灶台边忙前忙后。酿酒时的母亲像一个朴素的手工艺人，用一双手酿制出味道特别的酒。

其实，学习也一样，需要像这样专心致志、全神贯注。

4

20岁以前，我常常喜欢三分钟热度，直到，我开始写文章。

我记得一位作者曾经这样写道：当你真心想要一样东西的时候，你身上散发出来的就是那种能量的振动频率，然后全宇宙都会联合起来，帮助你得到你想要的东西。

当我能够排除干扰，不怕外界喧嚣，能够静下心来，在键盘上敲打出一个个文字，那个时刻的我就是专注的。

当我能够连续一两个小时，认真去读完一本书，并去思考书里的事儿，那个时刻的我就是专注的。

当我能够把自己写好的文章阅读几遍，校对错别字，增添删减，修补字句，不厌其烦，那个时刻的我就是专注的。

后来，我终于明白，当你无比专注地去做某件事时，效果就会显而易见地好，那些你想要的、渴望的就会与你不期而遇。当你无比专注地去付出、去投入时，不经意间，你也会邂逅那个更好的自己。

专注，是你在认真地做一件事，并一心一意把它做好。

专注，是每个年轻人都该修炼的品质。

亲爱的自己，该醒醒了。你已经做了太多无谓的挣扎，太多荒唐的事情，太多盲目的决定，而错过了太多本来的幸福，太多安静的生活，太多理性的选择。从现在开始，请认真把让你痛苦的过往都忘记，再用心把你错过的都弥补回来。你要更精彩的活，精彩得让别人注视和羡慕，而不只是关注别人的幸福。

忙碌是一种幸福，让我们没有时间体会痛苦；奔波是一种快乐，让我们真实的感受生活；疲惫是一种享受，让我们无暇空虚；坎坷是一种经历，让我们真切的理解人生。岁月不经意地更替世事沉浮万千，一世的荣华如尘烟，用微笑去面对现实，用心去感悟人生的精彩。

岁月不饶人，你也不可饶过岁月

1

小学时穿公主裙去同学家玩。她姐姐见了，艳羡不已，追着我问哪儿买的、多少钱、有没有大码，然后央求她妈给她买一件。

她妈皱着眉说，你都多大了，这种衣服穿得出去吗？她说我从小就喜欢，你不给我买，我做梦都想要一件这样的裙子。她妈说，别说那时候的事儿了，反正现在你是不能穿这种了。

当时，她那一脸绝望啊，我至今忘不了。

而昨天，那种绝望出现在了我心里。

去年我买了件碎花衬衫，也是我小时候一直喜爱却没得到那种。买的时候很清楚，是少女款，但鉴于实在喜欢，还是不由分说抱回了家。之后它就一直挂在我的衣柜里，一次也没实现过作为一件衣服的使命。

昨天，我要去见闺蜜，想着无论如何穿它一次。可是披挂上身站在镜子前，那画风诡异得我真心不忍直视。最后还是脱下，又挂了起来。

挂好后，我看着它，心里说不清的难过。不得不承认，有些愿望，当时没实现，就永远不会实现了。

2

前段时间，带着儿子去游乐场玩，照例要坐过山车，照例是先生陪他坐，我旁观。

他们在上面呼啸飞驰时，一个大姐在旁边问我：你怎么不坐？我说，不想坐。她说，看着挺好玩的。我说，当时好玩，下来头晕。她说，我都没坐过。年轻时舍不得花钱，现在坐不了啦。

很遗憾的语气。

我想，她未必是多想此刻体会一下坐过山车的刺激和欢乐，而是，她觉得自己的人生中，缺少了一种体验，从而不够圆满。

我们其实也常常有类似的感受：世界有很多新奇花样，而自己在最合适的年纪错过了，年纪渐长后，纵有机会，也已无力消受。于是，看着别人纵情欢乐，心里会莫名生出一丝酸，一丝痒，一丝无奈，一丝遗憾。

比如，三十岁时，看着小女孩翩翩姗姗地穿着你从未拥有过的公主裙；比如，四十岁时，看着高中生全心投入地做漂亮的义卖海报；比如，五十岁时，看着年轻人呼朋唤友泡吧、跳舞、通宵打游戏；比如，六十岁时，看着新婚夫妻带着布娃娃去海外旅行，拍下许多热烈优美的照片宣誓和铭记爱情……

你一定会想：真好，可惜我没体验过。也不是不能再尝试，只是，早已不合时宜。

3

人在不同的年纪，会遇到不同的世界。

五岁时，世界是玩具店、甜品店、游乐场。到二十五岁，商场、酒吧、电影院的门打开，玩具店的门就关上了。到了五十五岁，茶馆、古玩店、棋牌室的门打开，酒吧的门就关上了。再到七十五岁，公园、医院、花鸟市场的门打开，其他门就关得差不多了。

　　很多门，开着时若不进，关上了，就进不去了。

　　只是，我们常常察觉不到，那些门，在一扇扇关闭。

　　在我们的意识里，玩具店、酒吧、美妆店永远都在那里，只要你想进，随时。

　　而事实上，错过了合适的年纪，你可能就真的再也没有机会去体验。一不留神，就已经被拒之门外。

　　意识到时，心里难免遗憾。

4

　　我们当然不可能永远守着游乐场的门，不让它关闭。真正让人遗憾的，其实不是游乐场的门关上了，而是在它向你敞开时，你没有痛痛快快地享用它。

　　世界是个大游乐场，如果你在开门时就冲进去，尽兴地把所有项目玩过一遍，那么到晚上关门，你离场时就会心满意足。不会哀叹怎么忽然就要离场，也不会多么羡慕明天要进场的人。毕竟所有的精彩，你都体验过。

　　而如果你在里面睡了一天，到日暮西山时才醒来，忽觉那么多精彩都已无福消受，那一刻，离场的号角，才会倍显悲凉。

　　我坐过过山车，即便将来老了不能再坐，亦能坦然接受。而那位没坐过的大姐，看着人们在上面惊叫欢笑，心情就会有所不同。

　　我们在年轻时放肆地哭过笑过爱过恨过，将来老了，看着年轻人爱得死去活来,心里就云淡风轻,毕竟我们体验过。而若没有,八成就忍不住想,到底是怎样的心情呢?就会隐隐有些不甘。不甘却又无力,是特别糟糕的感受。

所以,一定要在每个年纪,尽可能钻进那些开着的门,畅快淋漓地去体验。

今天一定要过好,因为明天会更老。

老不可怕,可怕该经历的没经历、该体验的没体验,就老了。人生百味,你若只尝三两种,就干干巴巴匆匆忙忙地离了场,枉费了多彩的世界给你提供的很多可能性,这是最大的遗憾。

5

我们有时候,会过于功利化。所以,我们从小到大听到的都是,你这个年纪,应该好好学习。你这个年纪,应该认真工作。你这个年纪,应该努力赚钱。

却很少有人会对你说,你这个年纪,应该泡吧、看电影、坐过山车、穿漂亮衣服、多去一些地方……

好好学习好好工作,这当然是必需的。可是人生除了这条主线,还有很多附加品。只要安排得好,你在为主业拼搏之余,依然可以,或者说必须应该去体验更多。

假期里去野营,不会使成绩变差;周末去听一场演唱会,不会使业绩下滑;化漂亮的妆、穿高跟鞋去参加party,也不会浪费很多时间……而正是这些看起来没用的事情,丰富、拓展着你的生命。

人的一生,就是一场体验。把每一天都活得畅快淋漓,才能在走完这一生时,回头想想,觉得这辈子没错过什么,不亏。

木心说,岁月不饶人,我也未曾饶过岁月。

愿我们在老去那一天，都能安然说出这一句。

静，是一种优雅，淡定看人生。时间从来不回答，生命从来不喧哗。看尽繁华，才懂淡然；经历磨砺，才得从容；读懂人心，才知随缘；让生命安恬如花开，各自芬芳，守心自暖；让年华走过素色流年，安暖陪伴，岁月静好。

任何人与事的成功都无法一蹴而就，
每一阶段的抵达，身后都是一步一个脚印的积累。
只要不急不躁，耐心努力，
保持对新事物新领域探索的好奇，
就是行进在成为更好自己的路上。
慢慢来，请别急，
生活终将为你备好所有的答案。

这一路的风景能创造出最好的你

1

我坐在酒吧，听姑娘讲故事。

毕业那天，姑娘把眼睛哭肿了。她住在一个合租的单间，行李堆满地，她焦急地跺着脚，因为厕所正被一个大汉占着，他不出来，自己就进不去。

第一晚，她失眠了，因为她刚看完电影《这个杀手不太冷》。电影里那句台词深深地扎入她的心：生活总是这么痛苦吗？是的。

她看着偌大的城市，无能为力地迷茫着，父母催她回家工作结婚，说女孩子拼什么命，回家什么都有。她咬紧牙关跟妈妈说，"妈，就让我拼这半年，年底我还找不到工作，就回家。"

父母心疼她一个姑娘在北京打拼，每个月给她打钱，她看着卡里的钱，眼泪刷刷地掉。

她立志不花父母的钱，可是到了交房租的时候，还是扛不住了，狠狠地刷了一笔。

她到处碰壁，投了太多简历，全部石沉大海；面试许多公司，全都让回家等信。

慢慢地，她开始怀疑自己，我这样是何必，我一个女生，干吗要这么苦？我为了什么？我为什么要这么作死？如果我回家，现在已经开着车逛商场了，说不定，已经有了一个稳定的男朋友，开始计划结婚的事情了。

想到这里，她看着灯火辉煌的北京，更加迷茫了。毕竟，无依无靠，无牵无挂，眼泪不听话地在眼眶里打转。

2

这时，电话响了。她拿出手机，看着来电显示，上面写着两个字：妈妈。

她立刻擦干眼泪，深吸一口气。

接了电话，她想把这几个月遇到的痛苦全部跟妈妈说，她想回家，不想呆了，可是，脱口而出的竟然是：妈，我很好，今天又收到面试的电话啦，你们放心，我过得很开心。

寒暄了几句，她挂了电话，擦干眼泪，跑回家，继续投简历。

几天后，她收到了一家互联网公司的offer，月薪5000，实习期间3000，年底会有提成，创业公司。

别人问她：经常加班，是否能忍？

她欣喜若狂，说，"能，我能吃苦，能每天加班。"

就这样，她在这家公司干了两年。

3

这两年，她每天上午9点到公司，晚上9点多回家。两年，她没去过电影院，很少参加社交，没看过电视，没去过酒吧，没睡过懒觉。

她每天早起学英语，晚上自学ps和新媒体，累了就去跑步去读书。这种日子，持续了两年，七百多天。

同事劝她别太累，她只是笑笑，什么也没说。两年后，她跳槽去了另一家公司，因为做微信排版漂亮，很快晋升为新媒体主编，月薪8000加，还有提成和年终奖。

一年后，她成为那家公司的营销总监。别人很好奇，她是如何懂这些的。后来，在她搬工位的时候，大家看到了几本厚厚的关于文案和宣传的书。

一年后，她再次跳槽，成为一家公司的副总经理。此时此刻，她月薪已经过万，有了一辆车，找了一个男朋友，彼此恩爱，正准备谈婚论嫁，至少，她在北京过上了体面的生活。

4

她跟我讲到这里时，安静地说：你知道吗，我花了四年，才过上了大家眼里的体面生活。这一路很难，但我从来没后悔。

我问她，如果当年毕业你就回家，父母也会给你安排这一切，你能在第一年开上车，第一年稳定下来，第一年找到男朋友，跟你现在的生活一模一样。这样想，你不觉得浪费了四年吗？

她摇摇头，说，"不啊，这四年，我从一无所有到自给自足，现在有的生活，不是谁给的，是我用双手打拼出来的。这些年，我明白了如何奋斗，我知道该怎么自学，我更看到不同的风景，认识了不一样的人，这一路的经历，比什么都重要啊。"

我摸着头，可是，这样累啊？

她喝完面前的咖啡，说，"但我年轻啊，不想让这辈子就这么过了，我想让青春大汗淋漓。何况，天天在家待着并不比到处闯荡要舒服，我爱这样的热血，这样才是最好的青春。"

她的话很感动我，这是一个姑娘用最直接的语言，告诉我努力的含义。

5

　　她也讲出了青春的意义：去大汗淋漓地拼，去义无反顾地搏。她说，青春不是去闲暇懒惰，不是去舒适稳定，相反，是要在一无所有时厚积薄发，是要保持随时学习的能力，要敢于闯荡，敢于冒险。

　　或许这样不舒服，但谁又说了，追梦的过程，会舒服呢？

　　我想起和一个朋友的对话，他告诉我：反正人终究一死，既然结局一样，为什么我要拼搏，有什么意义？还不如看看电视，睡睡懒觉，就这么过一辈子多好。

　　一开始，我无法辩解。

　　后来，听完这个姑娘的故事，我找到了答案：

　　就因为人终究一死，所以更应该去拼搏。如果说人的结局一样，出生又不能改变，人和人最大的不同，就看你怎么活。这一路，你经历了什么，体验过什么，去过哪些地方，见过什么人，在哪跌倒，又在哪爬起。

　　走过哪些弯路不要紧，重要的，是这一路的风景。这些，能创造出最好的你。

　　有些梦想，
　　纵使永远也没办法实现，
　　纵使光是连说出来都很奢侈。
　　但如果没有说出来温暖自己一下，
　　就无法获得前进的动力。
　　我之所以这么努力，
　　是不想在年华老去之后鄙视我自己。
　　活得充实比活得成功更重要，
　　而这正是努力的意义。

CHAPTER

04

不辜负
每一天的早起

当你全心全意为一个人付出时，
这人往往会背叛你。
因为你已经全然付出，
而毫无新鲜感和利用价值。
人性是极可恶的东西，
它对得到的往往不珍惜。
所以，当你被人伤害，
首先想想，是不是自己付出的太多，把自己放低了……
想要别人疼惜你，
首先要自己疼自己。
高贵的，才珍贵。

爱自己才能活出自己的价值

美，归根结底是与自己有关的事情，和年龄无关，和容貌体重也无关，美是对自己的全盘接纳和精心呵护，是一种斗志昂扬的精神状态。

关于我为何会成为一个爱美的姑娘，是我们家的一个未解之谜。我妈总说："也不知道你像谁了。"

我妈和我姐全都是常年素面朝天的女人，我妈一辈子没用过口红，唯一的化妆品就是一罐雪花膏，早晨用手挖一点放在手心搓一搓，然后往脸上一呼噜就完了。

我姐是我妈的忠实信徒，我妈给什么穿什么，从来不会挑剔，每次换季买衣服都只有一个原因：再不买，就没衣服可穿了。

只有我，早早就对臭美这件事无师自通，从小闹着要花衣服，拒绝穿戴自己觉得不好看的服饰，还总是创作性地进行搭配。

我人生的第一件化妆品是我17岁那年小姨给我的变色口红，其实现在想起来小姨未必想送给我，但是受不了我用无限向往的小眼神，亦步亦趋地跟着她，"小姨你的口红真好看"，只好顺水推舟，"要不，送给你了？"

20岁，我攒钱买了生命中第一盒眼影，膏状的，棕色，我偷偷地抹在眼皮上，技术拙劣，十分难看。我妈看见，逗我，"你眼睛怎么被人打青了？"她和我姐一起笑我，要我抬头，我不肯，脸趴在桌子上哭了，莫名地觉得有点羞耻。

爱美，对我来说就是这么一件很艰难的事情，没有人教我，我孤立无援，只能从影视剧中去学习。

后来我在一篇写赵雅芝的文章中写过："二十世纪八十年代初期还很单调、枯燥的年代中，女性的柔情也遭受了前所未有的抑制，我们的母亲都是能干的，泼辣的，但同时也是粗鲁的，高声大气的，是很不像女人的女人。没有教会我们如何做女人，没有人告诉我们女人就什么样的，我们看到了她，就像看到了一个遥远的世界中的美，那种美是叫我们心碎却又在梦中所期待的。她开启了一种可能，幻想我们沉睡的柔情，她就是我们心目中完美的女性形象代表。"

年轻的我对自己特别苛刻，始终控制体重，稍微添了点分量就要节食几天，直到体重恢复。我睡觉的时候也穿着束身衣，腰围常年维持在1尺7寸，标准的杨柳细腰。

我爱买新衣服，每天化妆，就算是下楼买个菜，也做不到素颜"裸奔"。即使是感冒了，我也要化好妆才会躺下休息，我希望自己在任何时候看起来都是好看的。

我管这叫作爱自己，你看我活得多么的时尚，最新款的时装人人都有我也要有，我始终走在时代前端，我可不像我妈那样，节衣缩食，相夫教子，老式女人的一生是多么的可悲。

年轻女子特别迷信美丽是征服世界的通行证，我曾经也不能免俗。记得上班第一次看到有位大姐穿着超短裙，有点胖，显出了肚子来，我心里嫌弃得不要不要的，"天呢，这么难看还穿短裙子，好不好意思啊？"，就和现在网上有姑娘吐槽中年女人怎么还穿大嘴猴一样的心态。

20岁的我，认为25岁是一个年代的界限，女人过了这个年龄，就会一切走下坡路了。

我曾经十分诚恳地对我一个朋友说："我们现在就要多多的打扮自己，要不到了25岁之后，都老了，穿什么都不好看了。"

后来想想，我为何这么执着于25岁，大概在我那个时代，25岁是法定的晚婚年龄，所以我潜意识中认为，女人一旦结婚，就开始进入柴米油盐的现实生活，老了，俗了，没有盼头了。

我以为自己活出了自我的价值，但回头看，所谓的爱美，所谓的要爱自己，以及对容貌、体重、品位的执着，其实只是我不够自信的遮羞布。

那时的我内心总是忐忑，别人夸我一句好看我就美滋滋好长时间，别人说我哪件衣服不好看我恨不得翘班回家去换掉，我总是在意别人的看法，任何外界的负面评价，以及对变老的恐惧，始终都如沉沉大石，压在我心里。

直到30多岁之后，我真的意识到自己不再年轻了，我在经历了彻底的失落之后，反而有了一种新的重生。

肤浅的、浮躁的、片面的观念如水面上的浮渣，逐渐沉淀，我开始懂得如何去认识美这件事。

87岁的美国田纳西州老太太海伦·温克尔是一个最普通的美国老人，在她的身上，岁月的痕迹一览无遗，身上的肉松松垮垮的，赘肉占领所有曲线，斑点和皱巴巴的皮肤覆盖了全身。

她没有和时间进行无谓的抗争，她只是坦然地勇敢地大刀阔斧地打扮自己，什么豹纹、比基尼、粉红T、短裙、亮片，各种潮服全都来之不拒，她佩戴各种夸张的首饰，画哥特妆，烈焰红唇。

在很多人眼中，那个经常穿得花里胡哨的老太太根本不符合传统美学的标准，也没有按照时尚通常的观点，"在什么年龄要穿什么样的衣服"，她甚至看起来很不够"庄重"，和优雅、品位这些东西毫无关系。

但她的存在开启了生命的另外一种可能，原来在走入暮年的时候，一个人依然可以有热情有活力去改变自己，装扮自己。

海伦曾经也是一个中规中矩的女人，过了大半生老老实实的日子，几年前，丈夫和儿子相继去世，她感觉自己宛如风中残烛，了无生趣。

后来一次偶然，她尝试穿自己孙女的衣服，来改善自己的心情，结果孙女把照片Po上了Instagram网站，不仅震动了时尚界，而且帮助她度过了悲痛，发现了一个全新的自己，一个重新诠释美、定义美的女人。

虽然时间在不断地拿走她所珍惜的一切：丈夫、孩子、健康，可是她依然可以用每天都做一个新的自己来与之对抗。她说："我并不觉得老，我从没感觉自己老了。我觉得你想穿什么就应该穿什么。"

美国著名时装摄影师提姆·沃克厌倦了总是拍摄年轻的模特，他的最新作品《老奶奶字母表》，就是以一群八九十岁的老奶奶为主角，把摄像机对准了这些穿着麻花羊毛衫和舒服的平底鞋，提着鳄鱼皮包，戴着古怪帽子的老年人，拍下了她们经历了漫长的时间旅行之后的那份从容和淡定，那是年轻的模特无法诠释出来的迷人之处。

提姆·沃克认为："老年人的美丽和优雅需要被充分赞扬起来，这是对只拍摄特定年龄的女孩的坚强抵制。"

现在爱美的女人很多，但很多人说来说去，说的还是年轻，还是关于美的各种标准——身高、体重、肌肤，并不是美丽本身。

一个老太太，穿着不是自己年龄段的衣服，太艳了、太瘦了、太不协调了，但她兴高采烈，喜气洋洋，那是不是美？

有些女人，缺乏时尚意识，不懂色彩搭配，文着小爬虫一样的眉毛，戴着廉价的玻璃珠子,但她们相信这些精心打扮的结果,对自己有着蜜汁自信,那算不算她们拥有了美?

没有能力换新衣服的农村姑娘,每天在农田里摘一朵野花放在耳边,那是不是对美的不放弃?

杨绛衣着朴素,不施脂粉,她美不美?

只有摆脱那些生硬的审美标准,"好女不过百""胸大不好看""过了四十岁就成黄脸婆了""A4腰最美""没有马甲线不是美女",一个人才能在任何时候都享受自己所拥有的一切。

胖有胖的美,瘦有瘦的俏。

个高的挺拔,个矮的小巧。

圆脸的可爱,长脸的秀气。

眼睛大的有神,眼睛小的妩媚。

年轻的蓬勃,年老的洒脱。

都美,都好看,老是肉体的年龄,美是心灵的丰满。

年轻的时候,女人都对年华老去有恐惧感。那是女人千百年来相同的哀愁:一旦自己变老变丑,还会被人喜欢吗?

但可怕的从来都不是年龄,不是衰老,而是我们困顿了、迟疑了、固执了,放弃了成长,自己不再相信自己依旧是可爱的。

现在的我,胖了,腰也粗了,脸也不再紧致细嫩。可是我却不再惊慌,也没有拼命的和那几斤多余的赘肉进行决斗。我一切随缘,减不掉分量我就靠衣服遮蔽,在真瘦和显瘦之后我并不介意向后者投靠。

我还是爱美,我没有自暴自弃,我可以化妆也可以坦荡的享受素颜,光着一张脸去逛街、买菜、和朋友聚会。那都是我,我修饰自己的弱点,我最大程度地显露自己的优点,那是我的修养,不是我害怕面对真实的自己,我再不会因为没有一张面具遮挡就觉得羞于见人。

失掉了年轻优势的我,终于突破了年龄施加给我的束缚。我认认真真活在现在的光阴里,享受这一刻所有的我。

某天，和朋友逛街，她说，"我得抓紧打扮了，一到四十岁，女人怎么打扮都不会好看了。"

我说，"你逗我吗，美和年龄有什么关系，四十岁的你，依旧可以做一个美丽的中年妇女，除非，你非要相信只有年轻才是美。"

是的，我们所有人，都有一样的命运，站在时光的传送带上，曾经年轻的即将老去。

但在未来，我们所拥有的，是美的另外一种形式，美丽将紧紧跟随每一个自信的灵魂，从生到死，不离不弃。

你认真生活的样子，真美。

人最大的魅力，是有一颗阳光的心态。拥抱一颗阳光的心态，得失了无忧，来去都随缘。心无所求，便不受万象牵绊；心无牵绊，坐也从容，行也从容，故生优雅。一个优雅的人，养眼又养心，才是魅力十足的人。容貌乃天成，浮华在身外，心里满是阳光，才是永恒的美。

幸福这东西，就看你怎么对待。不要掂量得太重，世相万千，欲壑千万，拥有得多，苦累就多，你简单了，世界才会简单；不要计较得太众，多少悲剧，都是源于攀比，过自己的日子，比什么都重要；不要抑郁得太久，错过莫癫狂，失去又何妨，风烈心愈静，雨骤神更清，心态摆正了，生活才不易倾斜!

不能拥抱诗和远方，也要用心过好眼前的生活

1

很多时候，我们总是会被一系列的"只要……就……"欺骗：老师时常鞭策我们，只要你好好学习，就一定可以考上心仪的大学；父母经常教导我们，只要你名列前茅，以后就可以有很大的出息；闺蜜会安慰我们，只要你死心塌地地喜欢一个人，一定就可以虏获他的心。

可是，好好学习并不一定能带来你想要的大学录取信，因为总有人高考失利、发挥失常；一直学习成绩很好的学霸，并不代表就一定能够在工作岗位游刃有余，能力也会有局限；喜欢一个不喜欢你的人，再多的无怨无悔可能也只是多余的存在。

理想是美好的，现实是残酷的。我们以为只要向往、只要付出，就可以得到自己想要的，可是结果往往并不遂人愿。这个世界有喜剧，也有悲剧；有成功，也有失败。向往诗和远方的人很多，能够拥有诗和远方的人，却并不那么多。

2

昨天在食堂吃晚饭的时候，偶遇一个学姐。学姐大四了，正在找工作。聊天时，她问我是学什么专业的，我说是工商管理类。她听了后说："我有个同学也是学工商管理的。工商管理是个好专业，听这个名字特别有感觉。"

"其实这也就是个云里雾里的专业，感觉太宏观抽象了。学姐，那你学的是什么专业呀？"我说。

"临床医学。"

过一会儿，她又说，"高考填志愿时，我也是想选工商管理类专业的。可是在父母的干预下，最后就填了他们口中安稳的专业——医学。"

听到学姐这番话，我可以从她的语气中明显察觉到些许遗憾。但是片刻，她眼神里的遗憾就如过眼云烟，稍纵即逝了。

我问学姐，"那你现在还后悔吗？"

"刚开始可能会后悔，但后来想着也习惯了。既然没有办法学自己喜欢的专业，那就把当下的事做好也算不辜负生活。慢慢地，我发现临床医学其实也没那么讨厌，后来喜欢上了这个专业，还小有成就。今天，我刚刚拿到了心仪医院的录用信。"学姐笑着说。

她的微笑那么从容，一如她说话时平和的语气。我可以感受到，现在的学姐是真的喜欢临床医学这个专业了，如同她当时对工商管理专业那般向往。

所以，你看，没有拥抱诗和远方，我们也不能选择苟且眼前。即便不能到达心之所往处，也要把生活过得如"秋水共长天"般宽远，彩彻区明，纤歌凌云。

3

每个人心里都有一个远方，那里如诗如画，落霞与孤鹜齐飞。就像时至今日的我，依然对H大学有着深深的憧憬。

记得高三时，因为看到一篇写H大学的文章，里面一段话到现在都记忆深刻："阳光慵懒地漫步在岛城的夏天，宁静，安逸。粗犷的花岗石墙壁缠满树藤，红色筒瓦覆顶，狭长的拱门一样的窗口饰以美丽的西式图案浮雕，楼内布局至今完好保留原有格局，显得既古朴典雅，又不失异国情调。"

向往大海的我当时就被那所海边的大学深深吸引，然后我也努力学习，明知那个远方特别遥远，还是想要奋斗尝试。但到最后，还是没有去到那所心心念念的学府，只好选择了现在的大学。

要是有人问，你会很遗憾没有去到H大学吗？是的，我很遗憾，因为曾经我真的非常想要去那里。只可惜，最后还是分数不够。

但我却并不后悔，至少曾经为之奋斗过；可能没有拼尽全力，可能时间太晚，但却也有所付出，如此足矣。而对于现在的生活，我也很喜欢，即使不是当时渴望的学校，但只要自己愿意，眼前的生活也可以是如诗的远方。

有时候，我们看起来并不像是命运的宠儿，因为种种因素，我们无法选择心之所向的"诗和远方"。但懂得享受生活的人，即使没有诗和远方，也可以把眼前的点滴变成如诗般美好。远方那么远，生活这么近，既是如此，就好好享受、不辜负时光吧，那么到哪里都是如诗的远方。

也越来越觉得，人生一世，无非是尽心。对自己尽心，对所爱的人尽心，对生活的这块土地尽心。既然尽心了，便无所谓得失，无所谓成败荣辱。很多事情便舍得下，放得开，包括人事的是非恩怨，金钱与感情的纠葛。懂得舍，懂得放，自然春风和煦，月明风清！

年轻时，一定要多让自己有一些经历，多体验一些东西。哪怕对你来说很奢侈，穷尽成本也要去尝试，见世面。只有尝试和体验过的人，才能开阔视野，抵御诱惑，既有动力，又不会跑偏。

不去尝试，不可能也不会变成可能

1

我家院子里有个大哥，30岁出头，可已经是严重超标的身材。圆鼓鼓的大肚腩已经把衣服都撑的有些变形，而且在他身上，你几乎分不出大小腿，横竖都一样粗。

每次别人让他减肥，他都说不可能。原因有很多，比如他们整个家族的人都长成这样的肥头大耳，有基因遗传。比如，他是那种喝水都要长肉的那种人，属于易胖体质。比如，他若一减肥身体的免疫力就会下降。

前几个月，他无故晕倒了，到了医院检查才发现，他有严重的高血压。医生嘱咐他，一定要减肥，不能再这样胡吃海喝了，必须控制体重，否则，后果不堪设想。

这下可把这位大哥吓住了，从出院那天起，他就决心要减肥，然后制定了减肥计划，每天控制饮食，然后强制自己早晚跑步，每天走路步数在1万步以上。刚开始的时候，确实是艰难的，看到大块大块的肥肉，眼珠都变绿了，可是一想到再多吃一口都有可能要了他的小命，于是在各种纠结和无奈中，强行压制住自己。

可后来，他坚持了5个月，发现自己的肥胖跟基因没多大的关系，也不属于易胖体质，而且瘦下来身体更健康了。虽然此次瘦了下来，效果不是特别的明显,但至少衣服已经从"专业定制尺码"到可以穿商场里卖的"加大号了"。

再来看看他当初斩钉截铁地"不可能"怎么就变成了可能?无论做任何事情,你连想都不敢想,又怎么肯下定决心做呢,既不敢想也不敢做,又怎么可能有机会实现呢?

2

我身边有2位朋友都自称是摄影爱好者,但两者对待摄影的态度却是截然相反的。其中一位我却从来没有看到她为了这个爱好做过任何努力。

她的理由就是,没专业摄影设备啊。可我明明记得她有台相机啊。她说,一个专业的摄影师,光是摄影的镜头和器材便宜点都要好几万,这些东西不配齐,是不可能照出好的照片。于是她的爱好就这样一直被扼杀在了这个"不可能"的想法里。

可另外一个朋友,她连一台相机都没有,就靠手机,每天大量的照相,捕捉灵感,跟第一个朋友比起来条件真是差远了。可她总是相信即便这样,她也有可能成功。

因为成为一个好的摄影师,除了硬性设备还需要自身的软能力。比如,具备相当的摄影知识,具有敏锐的观察力;要有一定的美术功底,对一切美好事物的向往等等。

空闲时候,他总是随手翻翻买来的摄影书,也总是在不断研究,每天用手机拍超过500张的照片,她力求做到在没有专业相机的前提下,拍出最好的照片。

今年年初,第二个朋友在一次摄影比赛中,意外地被伯乐发现,伯乐说,你跟专业人才就只是差一台专业的相机而已,于是准备无偿提供给她设备,然后成为这个摄影工作室的实习摄影师。

这个世界其实是没有什么不可能的,不可能只是在你的心中。如果你一直不敢去想,你真正想要的东西怎么可能不请自来呢。

很多人总是说要做成某件事,需要什么条件,缺乏什么条件,可是没有这些条件，你可以去创造条件啊，甚至可以直线走不通的路，你可以绕着弯走啊，条条大路通罗马。可你连想都不敢想罗马在哪里，那你一辈子也去不了罗马。

3

我有一个朋友，很喜欢他们隔壁办公室的女生。在他还没引起这个女孩的注意时，他就想着要跟她怎么谈恋爱，然后多久结婚，多久生小孩，甚至多久生二孩。

当时我们还在嘲笑他，异想天开，而且有些癞蛤蟆想吃天鹅肉了。那个女孩据说人长得漂亮，家庭条件也很不错，别人肯定是要找一个白马王子，怎么可能跟朋友这样的既没背景只有背影的普通男孩了恋爱呢。

可朋友让我们等着瞧，他一定可以做到，说这话时颇有些阿Q精神。自从有了这样的想法和信念，他开始设定目标如何俘获这个女孩子的芳心，从刚开始的无微不至的关心，雨天送伞，阴天送暖。再到每天给女孩子打电话嘘寒问暖，陪她在深夜聊天，陪她在图书馆看书。最后他知道她特别喜欢画画，于是经常约她周末到郊外写生。刚开始的时候，那个女孩是拒绝的，毕竟天生的优越性在那里。可朋友不放弃，一直坚持，终于软磨硬泡了2年，彻底收获了姑娘的芳心。

那女孩属于那种，面包我有，只想要爱情的女子。很多人当初以为她一定要找个高富帅，谁知她就中意一个能时常陪着她，宠爱她的贴心暖男呢。

当得知了这个好消息，我笑称，朋友是踩了狗屎运。刚好遇到一个就吃他这套的姑娘。可朋友说，不是谁都有这个运气踩狗屎运，你都不敢想，不敢去踩，当然这样的机会你也一辈子得不到。

这句话瞬间让我豁然开朗。是啊，生活里很多事情，我们总想着不可能，当看着别人实现时，总是一副满不服气的样子，以为别人只是碰巧有了好运气。但你都不敢想，好运气怎么来碰你呢，你都不敢去想，你的女神怎么知道你喜欢她呢，你都不敢去想，你的梦想又怎么会不请自来呢。

有人说，成功的第一步就是马上行动。可是行动的第一步应该是敢想，只有敢想，你才有勇气，有信心去跨出这一步啊。

4

叶莺曾说，我从来都不是一无所有，我还有我人生最大的财富，那就是一颗不死的心，永远都不死的心。永远去想象可能的事情，永远去相信自己能有实现"可能"的能力。

我们为什么总是想着：不可能？

其中很大的原因，第一是不相信自己能够做到，缺乏自信。再者不愿意面对失败的结果。第三，害怕别人不认同。

特蕾莎修女说：上帝不是要你成功，他只是要你尝试。

很多人认定的不可能的事，其实都不是胡编乱造，绝无可能的，因为大多数认定的"不可能的事"根本就没达到"异想天开"的水平，他们甚至对于自己能做到的事，也不敢想象。

想法是行动的最佳驱动力。它能给你的目标提供有力的思维支撑点。

你大概不会听说一个不想减肥的人，在没生大病受打击的情况下，自然而然的瘦了下来。

你大概也不会听过一个只想做士兵的普通员工，在没有背景没有伯乐的情况下，自然而然就成了将军。

你大概更不会听说，一个从来就不想功成名就的人，在没有任何机遇没有任何努力的情况下，自然而然地成了一个赫赫有名的人物。

你只有敢想，才会竭尽全力为此而努力，想法是一个人能否成功的关键因素。当然你敢做，成功不一定会来但一定是敢来，而不是不请自来。也许你会失败，但成功绝不会属于那种连想都害怕想，不敢想的人。

能够赢得别人理解然好，但是，你不可能在所有的时候被所有人的理解。当你试图干些什么自以为有意义的事情的时候，不要指望会有那么多人能理解你，珍惜自己的一切，放手去尝试一下吧！

人生就像一只储蓄罐，你投入的每一分努力！都会在未来的某一天，回馈于你。而你所要做的，就是每天多努力一点点。请相信：别人拥有的，不必羡慕；只要努力，时间都会给你。

不要光顾着羡慕别人，却无动于衷

朋友送我一本书，她在扉页上抄写书中的一句话：

"当你全心全意梦想着什么的时候，整个宇宙都会协同起来，助你实现自己的心愿。"

深有所感。其实这个世界上存在很多不可思议，只不过奇妙的事情并不常常发生，不然就太没劲了。

梦想实现的前提是，你想去做，无关强迫，无关刻意，甚至要带着点虔诚，真真实实地出自内心。

1

在过去的很长一段时间里，我对自己感到失望，因为一直以来活得太"乖"了。换句话说，就像《七月与安生》里的七月站在学校各种社团的招新海报前忽然变得无所适从："我忽然发现，自己是个很没趣的人。"

初中的时候，每日学校和家两点一线，没有太多课余活动，没有太多兴趣爱好。同班同学叫我去露营，我觉得晚就拒绝；大家叫我去吃饭，我觉得人多太吵也拒绝；有男同学偷偷塞情书，我面无表情地撕个粉碎。听到别人讲笑话时会笑得很开心,但我永远是坐在一边傻笑的那个。轮到我讲笑话的时候,空气都变得冷起来,拼命想让场面看起来滑稽一些,却习惯性地端着掖着,怎么都和幽默无关。过于乖巧,反而失去了一个豆蔻年华女孩子应有的生动和不安。

如今的我好像不是这样子的。每当听到有人评价"和你在一起好有趣"或者"你好有意思哦"的时候,我会感动,会在内心偷笑。

虽然仍旧说不上幽默,至少,我慢慢从过去的自己中脱离出来。那些棱角与温润,都是自己帮自己打磨上色。

2

学校里常常有文艺演出,每次看到那些弹唱的同学专注的身影,手指灵活地在弦上翻飞,除了陶醉,还会止不住地羡慕。我曾经在半夜哭着问妈妈,为什么小时候不让我学一门乐器,这样我现在就可以多一项技能了。

我爸是英语翻译,按理说从小应该就有双语环境,但在我的记忆中,他很少和我说英文。我上小学和初中那几年,是他工作最忙的时候,有时候忙到碰不着面。需要家长签字,就把作业放在桌上,我睡了,他很晚回来给我签好字,第二天早上他走了,我把签好字的作业收进书包里。

小学六年级时的一堂英文课,老师让我们即兴用英文说一下自己周末做了些什么。我眼神飘忽,低着头,却还是倒霉地被点了起来。支支吾吾了半天,头脑一片空白,站了几分钟,最后结结巴巴地挤出了一句话。老师的一句"你下去吧",让我的自尊心粉碎。

很长一段时间里,我把自己的无趣、没有出众的技能,怪罪到我的家庭上,埋怨父母没有为我的人生安排翔实的计划,就那么让我自顾自待着,一不小心就长到这么大了。

因为咽不下那口气,初中的一个假期,我厚着脸皮跑到桂林中心广场的英语角。桂林是个旅游城市，有很多外国人选择在这里居住养老，于是每周五晚上都会有老外在那里喝啤酒聊天。我和很多高中的哥哥姐姐一起，跟那些带着各种口音的老外交朋友。

就是在人堆里结结巴巴，把脸丢完了，然后慢慢进步，把自信又捡了回来。

很多东西，先决条件很重要，但更重要的是后天自己给自己创造的条件。你现在的样子，从很大程度上来说，是过去的自己塑造出来的。

3

前段时间看到一个观点，"你要学会为自己的未来花点钱。"在你能够赚钱的基础上，每个月抽出5%用于投资你的未来，虽然看起来没有多少钱，但你永远都预料不到，那点投入能给你带来多大的回报。

对于年轻的学生来说，每个月若只能剩下100块，又该怎么投资自己的未来呢？举几个例子吧：

如果你觉得自己在审美上有欠缺，怎么打扮都很土，那就订阅几本服装杂志学习一下常规配色和服装搭配，学习一下化妆和基本礼仪。一年下来，至少会让你在买衣服这件事上少走很多弯路；

如果你觉得自己头脑很空，出口无章，那就去办一张借书卡或者每个月给自己买几本书吧。认真读，仔细分析并有文字产出，还可以积极与人分享所得。一年下来，你的眼界会比之前宽广不少。

如果在十几岁时，我们是什么样的人在很大程度上受着家庭的影响，那么到了二十几岁，能决定我们变成什么样的，是我们自己。

4

常常有人提到蔡康永的那段话：15岁觉得学游泳难，放弃学游泳，到了18岁遇到一个你喜欢的人约你去游泳,你只好说"我不会耶。"18岁觉得学英文很难,放弃学英文,28岁出现了一个很棒但要会英文的工作,你只好说"我不会耶。"

人生前期越嫌麻烦,越懒得学,后来就越可能错过让你心动的人和事,错过风景。

天赋这件事情,本身就因人而异,从不会有绝对的公平。出身贫穷或富贵,也都不是我们可以选择的。可是每个人都有追求梦想的平等的权利,到了二十多岁,是可以给自己创造机会去改变现状的。

真心想做一件事情的时候,再大的困难也可以克服;不想做一件事情的时候,再小的阻碍也成了理由。

不要光顾着羡慕,却无动于衷。

高中的时候,对未来满怀憧憬,毕业留言里也爱写"愿你成为想成为的人"之类矫情又鸡汤的话。那个时候,只是简单地说说而已,如今却已经到了一个可以重新塑造自己的年纪,和过去说拜拜的年纪。我知道,你们的内心都有一个展翅欲飞的、隐隐而动的自己,他就藏在你的身体里,需要你打破这副躯壳,才能翩跹自由。

要记得,成为想成为的人,不要只是说说而已。

当你越来越漂亮时,自然有人关注你!当你越来越有能力时,自然会有人看得起你!改变自己才能影响别人,你才有自信,梦想才会慢慢地实现!懒可以毁掉一个人,勤可以激发一个人!不要等夕阳西下的时候才对自己说,想当初、如果、要是,之类的话!不为别人,只为做一个连自己都羡慕的人!

当你的心充满祥和,去到哪里都一样欢喜自在;当你的心充满智慧,一花一草都令你见到真理。你此时此刻遇到的、拥有的,是最好的。只要放下执着与挑剔,打开内心去包容和感恩。随缘安住,随缘才能欢喜,安住才有机会享受和珍惜当下,把握好每时每刻的美好,透显出内在的智慧明净。

活在当下并着眼于未来

1

当我们还小时时候就有这样的幻想,将来能够考上一所大学,拥有一份喜爱的工作,遇见心仪的另一半,回报父母给他们买他们没吃过的零食舍不得买的衣服,从此命运变得与众不同。

一个从穷苦日子走过来的人都异常地对钱有着迫切的渴望,因为他最明白,那些在富人眼里不算是事的事,对他而言却颠覆他的一生。于是很多的穷人拼命地考大学,相信知识改变命运,这应该是一件并不简单但却为数不多的捷径。

以前听父辈们说,穷人的孩子早当家,比富人家的孩子更有出息,他们知道自己家境不好,所以会更认真的学习,因为恰巧当时我们那个小县城10年末遇的一个北大生是个贫寒家庭的女孩,这成了他们更加有力的佐证。

然而似乎时代变了,网络上流传着"寒门再难出贵子"的言论,富贵人家的孩子从小进行胎教，幼教，私人家教，学习钢琴，绘画，芭蕾，他们甚至不用参加高考父母就把他们送到国外留学，毕业后家里安排他们去自己的公司或者通过庞大的人脉圈介绍一个

薪酬丰厚的公司。现在看来想要突破阶层挤进富裕越来越难。

即使如此，即使再难，人们脱贫的愿望依旧热切，每年背上行李包冲上北上广的年轻人只增不减，他们向命运呐喊，难不是不可能。都知道贫穷是可怕的，比穷更可怕的是，穷并堕落着。

2

高中毕业后我考上了大学，我的一个同学落榜后家里兄弟多负担重也就没让他去上专科，在我大学开学奔向大学的时候，他也坐车离开了家乡去了上海打工。

有一天他打电话跟我说，他说他到了上海先是当服务员，后来去了酒厂，然后又在电子厂做流水线的工作，一个人在灯红酒绿的上海拿着微不足道的月薪承受着孤独和压力，羡慕出入写字楼的白领，更羡慕年纪轻轻就开着豪车驰骋在马路上的青年，而自己无依无靠地待在不属于自己的繁华的都市，他激动地对我说，为什么命运那么的不公平，感觉自己很累并且看不到方向。

我跟他说你现在自己能挣钱了，攒点钱去学点技术吧，学门手艺至少不会那么累了，毕竟这样下去不是长久之计。

他说自己不是学习的料，从高中就不想学习，只能够走一步算一步了吧。

后来听说他从上海回家在家里无所事事的待了一年后又被迫无奈出去打工了。

可是他才20多，只要他肯做，他的生命还有种种可能，干吗宁愿受累也不去学点有用的东西呢？一个人在社会中能够获得怎样的待遇取决于

你拥有的资源，假如你的资源是权利，那么你在行使权利时获得报酬，假如你的资源是知识，那么你可以运用知识获得财富，如果你没有培养这些资源，也就只能用体力来做劳累的工作，而你的资源越丰富所收获的也就更多，所以用挣的钱改善自己是一种很好的投资。

改变自己你肯定在某一个阶段有过这样的强烈冲动，却被种种诱惑泯灭的消失殆尽。

渴望改变自己，却不肯努力，幻想着像网上屌丝逆袭为男神那般，却没有每天两个小时在健身房挥洒汗水的毅力，想要让自己更有内涵，却连一本书也读不下去，想要找一个挣钱的工作，自己却没有拿得出手的技能优势，很多时候我们的努力仅仅是酒足饭饱后的一时兴起，没过两个星期就打回原形。

我认识一个人，当他得知从小把他带大的爷爷得了绝症，他痛哭流涕，认识到人生苦短，当他看到父母低三下四地向别人借钱时，他就下定决心洗心革面，于是他删掉了电脑里所有的游戏，每天忙碌着学习，但是在他爷爷去世一个多月后，他又把游戏一点不差的安装回原来的样子，后来我又听到他亢奋激昂的咆哮，打他，打他，K啊，爆头！以及他激烈敲打键盘的声音。

我想，生离死别也没能改变一个人，是不是也就无药可救了，为什么世界上的精英或者有钱人总是少数，或许是很多人不适合挤讲那个圈子吧，我不得而知。

3

我有个从小玩到大的朋友，单亲家庭，和母亲相依为命，在他高考完填报志愿的时候问我报什么专业好，我给他说报个自己喜欢的，最好是工科好就业的专业，但是他的班主任告诉他，你家庭情况不好，外面的房价太高，将来只能回到县城里来就业，县城里没有什么公司也只能考老师，于是就让他报了他极其不喜欢也不擅长的应用数学专业,理由是数学老师好给学生补课挣钱多些。一向乖乖男的他自然听从了老师的建议。

一年后再见到他,他一脸的憔悴,他说自己后悔死了,他对数学没有兴趣,期末考试的时候挂了几门。我说你的班主任不得不说很现实,但也在你还没步入社会的时候就扼杀了你所有的可能,你为什么就只能回到县城当老师呢?人生还没开始就给它套上了枷锁,穷不是过错,穷依然有富的可能,通过努力不见得大富大贵,但至少会比现在更宽裕一些,不去试怎么知道自己会活成什么样子呢?

很多人把穷当成负累,有的人走不出穷人思维,而正是因为穷,你凭什么还不努力?

不少小县城的人们认为事业编制的公务员才是正经的工作,其他都是不稳定的不务正业,我并不认为事业编不好,如果你热衷于教书育人,热衷于为官从政服务人民这不失为最好的选择,但是这不是你逃避现实的后路,不是你心中渴望富贵却为了安逸的无奈之选,为什么?因为穷。

因为穷,多少家庭变得支离破碎,因为穷,感叹自己的孩子得不到更好的教育,因为穷,人到中年还在为年轻时的选择而后悔。生在农村的我看过很多老人因为一些小病却没钱治疗活活熬死,膝下子女虽多却顾及不了自己的家庭,有的人说孝顺是经常陪伴着父母,而对于穷人来说,陪伴固然重要,能够在至亲得病把钱砸在桌子上何尝不是一种孝道。

贫穷二字,就像一根刺在心口的刺,无论喝酒喝的有多欢,无论你与人谈笑有多的尽兴,无论你尝试把它给忘记的时候,它总能在不经意间提醒着你,那里有多痛。

穷,你哪来的勇气不努力!

没有富足的家境,没有优越的条件,环境使然,你改变不了环境只能改变自己,凭靠自己。

当你选择稳定和安逸的时候,就会失去机遇和自由,当你不为未来做打算的时候,未来的困境将会打得你措手不及,上帝唯一做过一件公平的事，就是给了你选择自己人生的权利。

选择一条当你清晨醒来就和昨天与众不同的道路，今天所发生的事物无法预测，哪怕惊险重重，或者惊喜连连，而不是一如既往的周而复始，今天睁开眼睛的时候就开始重复昨天的日子，一成不变的生活怎么能带来意想不到的可能？

4

我喜欢一种方式叫作不鸣则已，一鸣惊人。我想大多数贫穷人家的人多少都有些自卑，沉默且并不显摆，也正是因为贫穷多少也受过白眼，被人小瞧，被人看不起。然而人生不能总是如此，用鲁迅的话来说就是：沉默呵！沉默呵！不在沉默中爆发，就在沉默中灭亡！

我希望你可以用不鸣则已，一鸣惊人默默地低调的努力来告诉曾经无视你的人，谁才是人生的赢家。你一定要相信苦心人天不负，人生常常是恐惧等待困难来临前的一段时间，真正面对时也就无所畏惧了，过后回想曾以为过不去的坎也不过如此，所以活在当下，着眼未来。

因为穷所以一无所有，正是因为一无所有所以才能义无反顾！

征服畏惧、建立自信的最快最确实的方法，就是去做你害怕的事，直到你获得成功的经验！

不想认命，就去拼命，我始终相信，付出就有收获，或大或小，或迟或早！始终不会辜负你的努力，有一种落差是，你配不上自己的野心！也辜负了所受的苦难！只因你没有坚持自己的信念！每个光彩照人的背后都有一个咬紧牙齿奋斗的灵魂！

想做的事就去做，总会有意外收获

我在华盛顿大学里学习韩语快半年了。前些天从韩语老师那里收到一封邮件，大意是韩国领事馆举办一年一度的韩语演讲大赛，鼓励我们全体同学报名参加。

耳边一时想起了两种不同的声音：一个快乐的声音说，可以啊，参加了玩一玩呗，反正又没有什么损失！说不定还有不小的收获呢！另一个犹豫的声音说，算了吧！才学了不到半年的韩语，单词没学什么，句式也就那么几样，别去丢人现眼了吧！这两个声音就想钻进我脑袋里的小人，彼此你一言我一语，来来回回。

等等，这种场景似曾相识，好像以前我就有过纠结，错过了机会……我那错失的机会

我的个子很高，皮肤是健康的小麦色，看起来有些运动员的样子——不少朋友会半开玩笑半认真地问，你是不是小时候经常打篮球，所以长这么高？而说起篮球，我不由得想起曾经错失的一个可惜的机会，直到现在过去那么多年了，心里想起还是心疼。

那是在高中的时候，有一次课间广播响起——"学校女子篮球队最近

招募新队员，请所有感兴趣的同学今天中午十二点到操场集合参加投篮测试。"广播一连响了三次，我的心情也开始激动雀跃起来！我会和班上女生一起看男生们打球，我特别喜欢那时候流行的动画片《灌篮高手》，我还和家人一起看电视里转播的篮球比赛……真心想试试！可是我从来没有正儿八经地学过篮球，仅有的接触也就是体育课上拍两下球、投几个篮，可能太烂了吧！

我纠结着，下不了决定，最后决定找我最好的朋友商量——我扭扭捏捏走到她的身边，装作不在意地说"你有没有听到刚刚学校的广播啊？要是你很感兴趣的话，我今天中午可以陪你一起去操场。""哦，没兴趣，不去了，谢谢你哈！"她头也不曾从书本堆里抬起来，就拒绝了这个提议。我于是在心里和自己说，"好吧！她不去，那我也不去了，反正一个人去也没有意思，反正去了也不一定选上，反正……"

最后真的没有去，最后真的没有再碰过篮球，最后仍然只是在篮球场旁羡慕地观看、认真地加油，最后没有什么最后。

可是有时候忍不住在想：如果当时，我询问的不是我的好朋友——我们班身高最矮、学习最好的学霸姑娘，而是另外一个爱好体育的女同学，是不是她就陪我去了呢？如果当时，我不找人陪，不因为别人去或不去而影响自己，自己会不会就一个人去投篮了呢？要是真的去了操场，他们要我投十个球，一走运我是不是被选上了呢？要是被选上了，因为经常练球，我是不是会更高、更健康、性格更坚毅了呢？经常在女队练球，是不是就会有机会和男队的帅同学们一起练习，或者吃饭聊天了呢？

一切都只是设想和没有结果的自问自答——也许那天真去操场投篮测试了，也会被毫不留情地刷下还有"谢谢参与"，可是当看到身材健硕的打篮球的姑娘们时，我总是忍不住羡慕，总是漫无边际地想着以上那些没有答案的、"如果"的问题。

想起我那错失的机会还有自己的优柔寡断，内心突然涌起一股力量"好了，我要报名参加韩语比赛！只要完成就好，最后一名也没有关系!"怕自己反悔,我一气呵成下载报名表、填写、邮寄,ok十五分钟搞定!

韩语演讲比赛

我告诉了韩语老师我决定参加比赛的消息:她开心得竖起了大拇指连连称赞,而且承诺如果我有需要,随时可以找她准备比赛。

我忍不住问:"我们学校还有别的同学参加这个比赛么?"沉默几秒,老师说,"就我所知,没有了!也许二三年级的同学太忙,一年级的同学有些害怕吧!不过你不要担心,尽力就好!"

恩,老师说得对,尽力就好!虽然这一次我没有同伴可以一起参加比赛,可是我一个人也要加油和战斗!

下定决心之后我开始一步一步努力:

首先用中文写了一遍演讲稿——题目是,我为什么要学习韩语。这个中文初稿简单清晰,而且有情感有事例,很符合我的个人情况,也方便以后的背诵。

然后我翻着教科书、借着谷歌翻译,绞尽脑汁地使用不同的句式结构和替换同义词,尽自己最大的可能把文章翻译成了韩语。

下一步我请韩语语言搭档帮我修改初稿、提建议,分别问两位韩国语言搭档为什么他们要做这样的修改、听起来会不会更加地道;在此基础上我修改了韩语初稿,然后请韩语老师继续指正,使它听起来自然地道、严谨但是不无聊。

稿子修改定型之后我请韩语搭档用最清晰自然的语气朗诵,我用手机记录之后反复聆听他们的发音和语气,跑步的时候、坐公交车的时候、晚上睡觉的时候、白天没事的时候……都听,边听边跟读复述、边听边记忆和背诵。六分钟的演讲听了几百次,自己大声背诵了不下五十次……

经过了一个多月的认真准备,韩语演讲的那一天终于到了!我给自己设定的目标就是——不看稿件,顺利把六分钟的演讲完成,名次什么的都不重要。——当看到其他参赛选手都拿着他们精心准备的稿件上台诵读时，当看到有些选手拿纸的手微微颤抖，我告诉自己：已经背过了几十次，不要害怕，请充满信心，哪怕不拿演讲稿，也可以完成！

我是倒数第二名上台的选手。深呼吸，带着微笑缓缓走上演讲台，从固定的卡座上取下麦克风，从高高的演讲台后走出来站到旁边，这样人们可以更好地看到我的表情和肢体动作，开始慢慢用韩语叙述——我为什么要学习韩语。这六分多钟里，场上的观众仿佛格外认真地聆听，他们有时在点头，有时发出善意的笑声，脸上的表情有不同的变化和反应；评委也好几次抬起头来看我，眼神里似乎带着认可和鼓励。时间慢慢地流逝，我慢慢地演讲，一直说到了文章的最后"谢谢大家的聆听"也没有忘词一下。认真地鞠躬，真诚地微笑，然后我回到了自己的座位，告诉自己"目标达到了！"

结果，我是全部选手中间唯一一个没有带稿子上台的；

结果，评委老师点评时说到"他听懂了我演讲里95%的内容，他感受到了一种双方的交流"；

结果，我获得了本次演讲的第一名，奖品是三星平板电脑；

我不曾预想到这个结果，但是通过这个比赛，我收获了一份对自己学习韩语的更大自信，并且明白了一个通俗易懂，但不是没有人都能做到的道理。

你不试一试，怎么知道不行呢？

亲爱的，你是否和曾经的我一样，在机会面前犹豫纠结、自我辩论，最后因为种种原因否定且失去了尝试的机会？

你是否和曾经的我一样，在之后的学习生活之中，时不时地想起并且尝试自问自答"如果当初……现在会不会……"

我发现，治疗这类问题的最好的方法，就是反问自己：你不试一试，怎么知道不行呢？

你如果不去奋力追求，怎么知道那个你心仪的他/她喜不喜欢你呢？

你如果不去学习一种语言/技能，怎么知道自己有没有这方面的天赋和才能呢？

你如果不去一个地方旅游，怎么知道明信片里的图画和实际的风景相差几何呢？

……

如果不尝试，我不知道以前跑不下八百米的我在半年训练之后能够跑完两万一千米的半个马拉松，并且在整个两个多小时的过程中享受脚下的每一步、做出的每一次呼吸；

如果不尝试，我不知道英语非母语的我也能够在大洋彼岸的美国担任英语演讲俱乐部主席，用英语点评美国同学，你的演讲如果再如何如何就更加完美了；

如果不尝试，我不知道五年时间里面其实可以读完英语博士外加经济学、英语教学还有教育学三个硕士；

如果不尝试，我不知道即使家里没有百万存款，作为留学生也可以勤工俭学、拿奖学金读完所有学位，并且还有余款可以寄给家里、补贴家用；

如果不尝试，我不知道世界这么大、这么精彩、这么多元和丰富多彩。

……

亲爱的，今天我把这些心得感受毫无保留地分享给你，如果以后你也遇到了一些可能的机会并且纠结，请你大声地问问自己——你不试一试，怎么知道不行呢？

是的，你不试一试，怎么知道不行呢？也许试着试着，就真的行了！

心在哪里，收获就在哪里。人这一生能力有限，但是努力无限，努力做一个善良的人，做一个心态阳光的人，做一个积极向上的人，用正能量激发自己，也感染身边的朋友，你阳光，世界也会因你而精彩！

只有行动才能抚平梦想带来的躁动不安。我们认定了只要奋斗，一切都还有希望，毕竟我们还年轻。于是，我们没日没夜的挑灯苦战，在旅途中挥洒着热血。

再琐碎的事，只要在做都会闪闪发光

看一个节目，被一个男孩气到不行。

男孩长得挺帅的，身材也好，穿衣服也好看，更重要的是，他有一个金光闪闪的梦想，他想当模特。

长得帅又有梦想的男孩，是不是酷到让人尖叫？

本来应该是的，可是这个男孩在台上站了几分钟，就让人忍不住摇头叹气。

他确实有梦想，也因为有梦想，他变得趾高气扬，眼高于顶。他不屑于跟人打交道，不屑于工作挣钱，每天就是不停地买衣服，不停地自拍。无论遇到多少麻烦，无论别人怎么指责自己，他只要扔下一句话，心里顿时就爽歪歪。

这句话是：等我以后红了，你们都得跪舔我！

好吧，有梦想的人与众不同一些也没关系，但是，他为梦想都做了些什么呢？很遗憾，除了穿衣打扮，我没有看到他做任何与模特有关的练习。他每天有大把的时间，他用这些时间打游戏，刷朋友圈，睡觉。

家人为他找了很多份工作，可是每一份都干不长，因为他觉得，自己将来是模特，怎么可以做这些粗活？太掉面子了。他花着父母的钱，脸不红心不跳，还一脸洒脱，说自己以后成功了，会加倍补偿他们，他们不会吃亏的。

梦想就像中午的太阳，在他面前闪着刺眼的光，他沐浴在这强光里，觉得前途明亮得一塌糊涂，却没有看到，阴影早已将自己覆盖。

他不学专业知识怎么能够入行？他不多学习提升内涵，怎么才能更有气质？他不努力挣钱，拿什么包装自己？

以他这种每天不干正事只空想的方式，恐怕直到皮肤松弛，皱纹爬上脸颊，也不可能成为一个优秀的模特。

如果叫嚷几句，做一下梦就可以实现梦想，那这个世界就不会有那么多努力的人了，就不会有那么多人为了梦想吃苦受累。

但是，我们身边真的有很多这样的人。

有人天天叫嚷着自己的梦想是开一家小店，却从来不去做市场调查，不去关注门面租金，不去看货挑货。

有人梦想着写一部长篇，一年过去了，两年过去了，还是一个字都没有写，还是孜孜不倦地在畅谈。

有人梦想着瘦下来以后就穿漂亮的衣服，却每天照吃照睡，宁愿躺在沙发上一边看电视一边吃零食，也不肯下楼跑几圈。

有人梦想着说一口流利的英语，却从来不去记单词，甚至看外国电影只看中文配音的，一年又一年，还是什么都不会。

有位姑娘给我留言，她说自己有一个梦想，就是写文章，当作家。

隔着电脑屏幕，我都能感觉到她的神采飞扬。是啊，有梦想是多么激荡人心的一件事情。

我鼓励她，当然可以，年轻人没有拖累，利用时间看书写字，并不是一件难坚持的事。她也信誓旦旦地说，她一定会努力的。

可是一个月过去了，两个月过去了，她一点消息都没有。某一天忽然冒出来，问她文章写得怎么样了，她就开始连声叫苦：不好意思啊姐姐，我实在太忙了，没时间写。

我问她的时间都是怎么安排的，她洋洋洒洒说了很多，我却发现，除了一天八小时工作，其他时间，其实都是可以节省下来的。比如少参加几个聚会，少玩一会儿手机，家务用碎片时间去做。只要安排得好，每天至少有两个小时是属于自己的。

这两个小时留给看书和写作，足够了。

姑娘说：时间是能节省下来，可是，我老是想拖，老是控制不住自己。我觉得好难啊，根本不知道怎么动笔。

我谆谆教导：刚开始肯定难，咬牙坚持几天，养成习惯就好了，写得差一点没关系，关键让自己在那个状态里，这样每天进步一点点，不是每天都离梦想近了一点点吗？

姑娘答应试试，可是几个月过去了，再次聊天时，又是新的一幕重演。

我即使再热心，对于这样的人，也会心生不满，失了所有谈话的兴趣。我知道，她就纯粹只是有梦想而已，或许她根本就没有想着实现，只是觉得，一个人有梦想就显得自己努力上进。

还有一位朋友，也很想利用业余时间学点东西，比如插花，比如考个证书。她觉得，生活太庸常，她需要有点梦想来激励自己。

不管想学什么，只要有梦想，生活就会多姿多彩。

朋友年龄不小，所以我很佩服她的勇气，也一再地鼓励她，并帮她规划自己的时间。虽然她的时间被工作和家庭占去了绝大部分，但挤一挤，也还是有的。

比如家务可以让家人帮忙做，或者买些拖地机之类的智能家电，把自己从家务中解放出来，哪怕每天只有一小时，长期坚持，也会有惊人的效果。

可是很久过去了，朋友想做的事依然没有去做。

我忍不住问她为什么，她说，家人是指望不上的，家务还是得自己做。

我是个急性子，立即就红了眼：为什么指望不上啊？家务又不是你一个人的责任，你重视你的梦想，家人自然会帮你承担家务。实在不行还能买智能家电请钟点工啊。

朋友不耐烦地说：我们普通人有很多无奈，没那么容易的。

我被噎得无语了。

一个人想找方法，就总能找到方法，而一个人想找借口，就总能找到借口。

是的，我知道，想要实现梦想，并不是一件容易的事情，我们总要迈过很多障碍。

这些障碍，有来自自己的，有来自家人的，还有来自不相干的陌生人的。但那又怎么样呢？只要你重视梦想，并真正放手去做，你会发现，所有的障碍都不算什么。

我也认识很多人，他们有的每天工作到凌晨，只为写一本小说，有的放弃工作，花光所有积蓄，只为做自己想做的事，有的严格规划自己的时间，只为挤出时间学英语、考证。

有梦想很重要，更重要的是，你必须每天都行走在前往梦想的路上，在为梦想做着看得见的努力，而不是一天到晚只有空想。

很多人信奉一句话：梦想还是要有的，万一实现了呢？

那我告诉你，如果你每天都是空想，那么，你的梦想无论多么美好，都不会有万一实现的那一天。

有梦想是好事，但为梦想所做的那些琐事，才真的是闪闪发光。

真正让人变好的选择，过程都不会很舒服。你明知道躺在床上睡懒觉更舒服，但还是一早就起床；你明知道什么都不做比较轻松，但依旧选择追逐梦想。这就是生活，你必须坚持下去。

任何事情，
总有答案，
与其烦恼，不如顺其自然。
别等到无能为力，才选择顺其自然；
莫因为心无所恃，才被迫随遇而安。
不必羡慕别人，
顺其自然，
过好自己的生活才是真正的幸福。

只要用心，不堪的生活也能过得灿烂

1

敏敏早上接到老同学珊珊的电话后，便开始从里到外地收拾房间。

珊珊是敏敏的大学同学，上学的时候两个人好得如胶似漆，恨不得上厕所都手拉手一起。毕业后珊珊毅然决然地一个人去深圳打拼，敏敏则跟随男朋友留在读书的城市，平平淡淡地过日子。

毕业三年，一直没有机会见面，早上珊珊突然来电话，说要来出差一段时间，特意要给敏敏一个惊喜。

敏敏心中既高兴又有些忧虑，珊珊好不容易能回来一趟，无论如何都要请到家里来坐坐，可是面对一片狼藉的家，敏敏很是烦恼，又无从下手。

她看了眼在那张宽度不足一米五的小床上睡梦酣甜的男友，摇了摇头，便自己下床去收拾。

阳台上班尼的便便已经开始招苍蝇了，敏敏捏着鼻子去打扫，班尼还在不识趣地不停过来抓敏敏手里的垃圾袋。

客厅的靠椅上横七竖八地丢着穿过的衣服和袜子，小小的木质餐桌上堆满了昨天晚上的残羹剩饭，旁边的垃圾桶被塞得满满登登，快要溢出来了，矿泉水瓶子在门口堆了一地，破旧的小厨房里一堆碗没有刷。

敏敏饿着肚子收拾垃圾、拖地、洗衣服、刷碗，越收拾越觉得难过，怎么自己平时生活在这样凌乱的房间里。

她小心翼翼地拉开卫生间那扇摇摇欲坠的门，进去打扫，本来想把马桶圈立起来，刷一刷马桶的，结果发现怎么也立不起来，蹲下一看，原来马桶圈不知什么时候从中间折了。

那一刻，她恼羞成怒地将马桶刷摔在地上，吧嗒吧嗒地流起了眼泪。

她在想，为什么自己的生活是这样的不堪入目？

毕业三年了依旧住在这间不足40平米、阴暗得几乎能发酵的出租屋里。

家里除了一张电脑桌还算过得去，再没有一件像样的家具。卧室的门掉了一层皮，门锁也是坏的，屋内的布艺折叠衣柜上落满了灰尘，里面的衣服乱作一团。

小小的梳妆台上，略显廉价的化妆品杂乱无章地摆着，一台吸满了灰尘的电风扇在那没日没夜地转着。

她也曾是个光鲜靓丽的姑娘，却为何过成了现在这一副腐朽的模样？连多年不见的好友来家里，都得来一通翻天覆地地收拾。

她生怕珊珊来家里的时候，被班尼不识趣地弄脏了衣物；生怕珊珊去卫生间的时候，稍稍用大了力气拉门掉下来；生怕要尴尬地告诉珊珊，我们家的马桶要用手盆冲水。更尴尬的是，吃饭的时候，还要说，不好意思，我们家的餐桌是坏的，要放一个折叠桌，坐在地上吃饭。

想到这些,她哭得更加厉害了,从前她也知道家里不太好看,所以从不带任何朋友来家里。

可是,当她终于避免不了地要带多年的好友来家里时,才发现原来这几年,她的生活有这么的残破不堪,粗糙到烂俗,连她自己都不忍直视,哪里像个姑娘家的生活。

毕业几年了,她还在混日子,生活过得惨不忍睹,工作也是浑浑噩噩。

每个月领一份勉强够温饱的工资,一干就是三年。珊珊在上海寄人篱下,被公司领导吹胡子瞪眼睛,被客户甩脸子的时候,自己优哉游哉地领着每月2500元的工资,住简陋的出租屋。

如今珊珊住单身公寓,在公司做到了部门经理的位置,随便一个单子都能顶她一年的收入时,她依然领着比之前多不了几百的工资,依然住简陋的出租屋,并且凌乱不堪。

一个人的居所,体现了一个人的生活。如果你的房间一团糟,那你的生活也一定好不到哪里去。你可以不富足,但一定要精致,连房间都不能打理得井井有条,又怎么能将生活过得精彩纷呈呢?

2

很久以前,我也有过这样狼狈的生活。

那时,我刚失恋不久,工作也一无是处,穷困潦倒。每天不是在家里买醉,就是叫上一群狐朋狗友在外面胡吃海喝。

家里被我弄得一团糟,满屋子的瓶瓶罐罐乱扔一气,几个星期不洗的衣服堆满了沙发和洗衣机,床上的被子从来也不叠,垃圾在门口堆满了也想不起来扔,每天上班跟打仗一样拼命往地铁口跑,妆也来不及化。

有一天,旁边的同事突然问我:"蕾蕾,你的沙发现在是什么状态?",我没听懂,一脸茫然地望向她。

她继续说:"是整齐得一点杂物都没有,还是被杂物堆得乱七八糟?"

我仔细回想了一下沙发的状态：几天前被我一屁股座掉了的沙发罩，久居于角落的电脑包，两条好久没穿的牛仔裤，一包前几天买回来的零食，和一件早上顺手丢在上面的睡裙。如此一数，我的沙发居然有点不一般的乱。

"我刚看到一个现象测试，上面说，你家沙发的状态，体现了你的生活状态。沙发上整整齐齐的，说明你的生活状态很积极向上，而沙发上杂乱无章的，说明你的生活也过得浑浑噩噩。"

听她说完，我觉得确实有些道理。

那段时间我的生活的确乱七八糟，就像那个被堆放得一团糟的沙发一样。

但是从那以后，我开始特别注意生活的细节，就像很多人说的一样，整理你的生活，应该先从你的衣柜、你的房间开始。

当你的生活环境变得干净整洁时，你的整个人自然会焕发出不一样的光彩，一种积极的、向上的正能量。

反之，你的生活环境乌七八糟，每天睁开眼就见到一堆破烂杂物，哪还有心思去谈人生、谈理想，追求卓越的高品质生活！

当我逐渐改变那些陋习，生活越来越有品质，工作越来越有起色的时候，我遇到了人生的另一半。

我们都来自外地的小县城，没家庭、没背景，但我们都有一颗积极、向上的心，我们不富有，却肯努力拼搏，精心打造自己的生活。

两年后，我们用自己攒下的钱，在这座大都市按揭了一个80多平方米的房子，虽然位置有些偏远，但那是属于我们自己的家。并且我们相信，在不太久的将来，我们一定会再通过自己的努力，让生活变得更好，让自己活得更精致。

很多时候，是生活状态决定了贫富，而不是贫富决定了生活状态。

精致的生活并不是以钱为基础的，贫穷也能活得精致，而富足也不一定就能活得不粗糙。

3

小时候的玩伴阿琳，八岁的时候父亲在一场意外中去世了。母亲一个人带着她和弟弟生活，日子清苦得很，甚至要靠政府接济。可是他们一家人并没有表现出多么的苦大仇深，也并没有因为家境的贫寒，把自己活成了孤儿寡母的惨状。

她母亲是个勤快且心灵手巧的人，家里从来都是窗明几净，干净利落。别人家的墙上刮大白、贴壁纸，他们家没钱，弄不起，她母亲就把那种大海报式的日历翻过来，一张一张贴到墙上，看上去毫不逊色于别家。

她家的电视机、洗衣机虽然破旧，却一尘不染，并且都用自己缝制的布罩罩着。

你甚至想不到，那样一个穷困的家中，居然还铺着地毯，门口整齐地摆放着拖鞋。

当然，这些也全部都出自手工，但你一点也不会觉得他们丑陋，甚至比市面上买到的更别出心裁。

就是这么一家的孤儿寡母，虽然穷，却把日子过得有声有色，精致无比。

每年春节，她家比谁家都早早地贴上窗花，挂上灯笼。街坊邻里，都对这一家人的生活态度无比敬仰，就连去送慰问金的政府工作人员都说，这家人的生活态度，决定了他们不会穷太久。

当时我不太懂，为什么他们会说阿琳家不会穷太久，他们家明明是被县里接济的穷困户啊！很久以后我才逐渐明白，因为他们对生活有一种积极的向往。他们虽穷，却尽其所能地把每一件事做到极致。拥有这样生活态度的人，注定了做什么事情都会成功。

果不其然，几年以后，阿琳母亲的煎饼摊成了远近闻名的招牌号，生意红红火火。再后来，阿琳和弟弟都分别考上了重点大学，他们家早已摆脱当年的穷困。

生活啊，一定要不能因为窘迫，就放任自己、自甘堕落。不能因为所处的环境差，就破罐子破摔，东西破，你可以自己去修，用自己的双手去改造。总之你若用心，再不堪的生活也能活出光明。

你可以暂时地贫穷，但一定要心向阳光，从你的房间开始，去改变你的生活状态，摒弃那些粗糙不堪的，用心活出自己的色彩。我相信，终有一天，你的生活状态也会跟你的房间一样，井井有条，洒满阳光，也精致无比！

人生需要沉淀，宁静才能致远；人生需要反思，常回头看看，才能在品味得失和甘苦中升华。向前看是梦想和目标；向后看是检验和修正。不艾，不怨，心坦然。生活，有苦乐；人生，有起落。学会挥袖从容，暖笑无殇。快乐，不是拥有的多，而是计较的少；乐观，不是没烦恼，而是懂得知足！

CHAPTER
05

不轻视
你的每个行动

当你的心充满祥和，去到哪里都一样欢喜自在；当你的心充满智慧，一花一草都令你见到真理。你此时此刻遇到的、拥有的，是最好的。只要放下执着与挑剔，打开内心去包容和感恩。随缘安住，随缘才能欢喜，安住才有机会享受和珍惜当下，把握好每时每刻的美好，透显出内在的智慧明净。

把握好今天，才能有未来可言

朋友小可总说现在的工作不适合她，希望可以申请出国读书。她把这个想法在嘴上挂了三年，说："申请至少需要半年准备，读书又需要一到两年，时间太长啦。"

三年前她有这个想法的时候，我鼓励她利用零星的时间准备，总得为自己想要的生活付出时间和精力。小可不以为然。

而我的另外一个闺蜜跟小可一样，在两年前，她一边工作一边申请出国，半年后拿到心仪大学的offer，去年到英国读书，再过半年就毕业回国了。以此为跳板，她已经联系好了自己中意的工作。

而小可的这三年，还是继续做着一份"不适合""不喜欢"的工作。近乎重复性地过了三年，除了年龄在增长，似乎没有任何改变。

小可周围的同事已经换了一轮，她也从新人变成了老人，"不喜欢""不适合"的状态还在一直持续。她也不想每天除了应付完工作之后，就是看电视剧、刷微博、看朋友圈。不想过了一年又一年，还是把同样的日子重复很多遍。只是，她无力改变。

我问小可:"现在还想出国读书吗?"

小可说:"想,只是需要太长时间准备了。"跟三年前的说法一样。

之前单位的一个同事宁小姐,突然递交了辞职申请。宁小姐是孕妇,即将开始的带薪产假也不要了。原来,宁小姐和老公双双收到了美国某公司高薪职位的邀请,半年之后入职。宁小姐提前辞职,正是为这件事做准备。

宁小姐工作两年来,平时也跟大家一样上班、下班。周围人聚到一起开始吐槽行业不景气的时候,她从来不多说。宁小姐的做法是:上班时间把工作上的事情做好,下班之后把生活过得充实饱满。她不停地给自己充电,在提高英语水平的同时准备各种申请材料。大学毕业之后,她并没有把学习放下,而是依然带着热情提升自己,给自己镀金,一层又一层。

有一天,办公室新来的一个小姑娘带着黑眼圈来上班,工作时精神恍惚。休息时,小姑娘逢人就说前一天晚上熬通宵看完了某偶像剧,一脸骄傲。

宁小姐听了之后,轻声说:"我们不能靠偶像剧活着,适可而止就好。我们都长大了,没人再管我们是几点睡觉,几点起床;也没有人去管我们是否写作业、做功课,但是我们每天都得为自己负责呢。人生一共两万多天,荒废一天就少一天,是不是?"

小姑娘吐吐舌头说知道了。可一转身仍像往常一样,抱怨着现在的工作有多无聊,吐槽着不喜欢的领导。

而宁小姐,即使是在受到不公正待遇的时候,也没有喋喋不休地抱怨。由于对眼前的生活不满意,她便做好计划,然后一点一点努力。正如她的签名:现在荒废的每一个瞬间,都是你的未来。她用自己没有荒废的每一个瞬间,去换取自己更闪耀的未来。

宁小姐是在怀孕期间申请的美国公司的职位。她说:"这不是刚刚好吗?生完孩子后以全新的角色,开始全新的生活。"我非常喜欢宁小姐的这种态度——不管在哪一个阶段,都一如既往地对待生活。她努力的姿态是持续的,从不间断。

总会听到身边的人给自己设定一个改变和努力的时间:下个月开始好好努力;等忙完这阵儿就开始减肥;等结婚之后就不熬夜了;等状态好了就开始锻炼;等周末再看书吧……

所有的"等待"都是在为自己的懒惰找借口,也是在预支未来。一个小时、一天、一年,就这样荒废了。直到别人有选择而自己没得选的时候,直到发现自己的今天还是和昨天一样的时候,才幡然醒悟,岁月已经被蹉跎了。于是,年复一年,还是远远看着自己想要的生活的幻影,感叹被自己硬生生荒废掉的人生。

荒废人生这件大事,总是在不经意间就变成了小事。当我们错过一个个瞬间的时候,并不会觉得错过什么。每一个刷朋友圈刷掉的早晨,胡思乱想丢掉的午后,看偶像剧和广告消耗掉的晚上,甚至心不在焉的工作时间,都被我们荒废得理所当然。每一个瞬间加起来,就是整个人生。

我把宁小姐的故事讲给小可听,她感叹不已:"唉,我以为大家都跟我一样在应付工作呢。同事,真是个有意思的角色。看上去大家一样地生活,做着一样的事情,实际上却千差万别。就看怎么利用下班时间了。"

其实不仅是同事之间,使人和人之间拉开差距的,就是工作八小时之外的时间。下班之后,是花两个小时看肥皂剧,还是花两个小时健身和看书;早上醒来,是躺着刷微博、微信一个小时,还是起床吃一顿营养早餐、读一份报纸;周末,是胡吃海喝睡懒觉,还是阅读运动听讲座……一天两天没有差别,一年两年之后,一定会有不同。

庆幸的是,我身边越来越多的人意识到,工作之余的时间容不得浪费,人生容不得荒废。于是,他们把业余时间利用起来,提升自己,改变生活的品质,努力成为自己想要成为的那个人。

越早意识到人生会荒废在点滴之间越好。曾经,我们认为最不缺的就是时间,于是把很多希望和理想许给了未来。殊不知,我们十八岁时的未来,已然变成了今天。而今天,就是曾经的未来,是我们要兑现自己少年承诺的时候。

人生就像一只储蓄罐,你投入的每一分努力!都会在未来的某一天,回馈于你。而你所要做的,就是每天多努力一点点。请相信:别人拥有的,不必羡慕;只要努力,时间都会给你。

想要破茧成蝶，必须付出百倍的努力！而现在的努力都是为今后的生活垫下的基石，不要等夕阳西下的时候才对自己说：想当初、如果、要是，之类的话。不为别人，只为做一个连自己都羡慕的人！

敢于选一条很少人去走的路

1

2004年，从北大退休的钱理群教授在南京师大附中开了一门名为"鲁迅作品选读"的选修课。

在开课之前，南师大附中的老师是这样向同学们宣传的：你们都想进北大，钱先生是北大最受学生欢迎的教授之一，但你们现在考上北大也听不到钱先生的课了，因为他已经退休了。这是他头一次到中学讲课，这个机会难得啊。

头一回上课，连过道都站满了人，可不到一个月，空旷的大教室就只剩下了不过二三十个学生。

钱教授伤心了，是自己讲得不好吗？当然不是。

一位同学在写给钱教授的信里揭开了谜底："我们不是不喜欢听你的课，而是因为你的课与高考无关，宁愿在考上北大以后再毫无负担地来听您的课。"

上中学，与高考无关的课，不学；到了大学，与就业无关的知识，不问；到了职场，与生计无关的事，不做。

对于极力追求有用人生的人们而言，从这一刻起，他们就向着那条漫长的平庸之路，迈出了第一步。

2

钱理群教授之所以想在退休后投身基础教育，就是因为对中国大学教育失望了，他曾说，中国的大学培养出来都是"精致的利己主义者"。

那么国外的大学呢？耶鲁大学一个名叫Williams Deresiewicz的教授写了一本书，叫《精致的绵羊》，说这些顶级高校培养出来的，都是像绵羊一样听话的优等生。

表面上看，这些学校强调创新人才，强调个性发展。但实际上，这个社会对于个性的评价标准又十分类似，导致学生们说同样的话，看同样的书，做类似的课外活动，关心类似的问题。他们不知道什么是真正的创新，只能相互模仿，生怕跟别人不一样，毕不了业。

大多数学生毕业后都进了金融和咨询行业，也是因为大家都这么做，而且这个行业收入高，只要名校就收。

这不就是一群群的绵羊吗？

我曾经对一位著名大公司的HR表示过羡慕，他们手里永远有一大把名校的应聘名单，而她却向我大道苦水：

"这些名校的毕业生，一个个单独看，都很优秀，很有个性，表达能力很强，但放在一起看，你总是觉得他们都是一个模子里出来的，你几乎可以看到他们几年后的样子。"

怪他们吗？在很多公司里，你比别人优秀，不一定能胜出，但你比别人犯的错误多，那你就输定了。如果和别人一样，能够让你更安全，收入更高，更符合这个社会的标准，那他们为什么要可别人不一样呢？

这就是我们走向平庸的第二步。

3

几年前,我的一个同事到工商局办理公司的一个手续,跑了几趟后,忍不住很没有风度地破口大骂——当然,是在回来之后。

大概是问题比较特殊,每次遇到的办事员又不一样,每次都会提出不同的要求。其中一些所谓的不合规范的地方,正是上次的办事员要他改的地方,这一修改,反倒变成不合格了。

就这样跑了几趟,总算材料齐了,可最后公司抬头又出了问题。

拜托,这么大的字,你们是第一次看到吗?你们也是公务员考试出来的社会精英,就没有能力一次性把问题都指出来吗?

我相信,这些办事员绝不是故意玩弄我的同事,他们只是被一根一尺长的绳子紧紧地拴在了一个叫"职业化"的木桩上。

对于他们而言,标准重于目标,程序大于服务,这一尺长的绳子就是整个世界,这就是走向平庸的第三步。

4

我上淘宝网商EMBA的课时,有学员分享了自己的品牌理念和发展规划。提问环节刚开始,一个同学就问:"那些有什么用?你卖得好的款,我就跟你上同款,比你便宜,不停地刷单,找淘宝关系上活动,还找人天天给你差评,你怎么办?"

Excuse me?这是EMBA的课堂啊,为什么你们第一个念头就是这种下三路的滥招?

前天微信自媒体出了大事,微信官方突然打击刷流量的技术,导致一大批自媒体大号被扒了底裤,那些年广告收入上千万的号,竟然大部分阅读数都是刷出来的。

做淘宝靠刷单，做APP靠刷榜，做微信靠刷阅读，做直播靠刷观众，一个"刷"字，就是我们的互联网精英的社会贡献。

他们津津乐道于低维打击高维，满足于用破坏市场手段维护生存。他们相信大风来了，猪也能飞上天。

他们觉得自己特委屈：别人都这么做，你不做就活不下去。

当他们认为"这是一个人人有罪的世界，而唯一的罪过就是被抓住"时，这就是走向平庸的第四步。

5

微软曾是一个改变世界的创新性企业，但后来却渐渐失去了创新的动力，前副总裁布拉斯曾在《纽约时报》撰文反思，文中举了一个例子。

十几年前，研发团队曾发明了一种用"色点"显示文字的技术ClearType，这是电子书显示技术的一个突破。

但微软的其他部门不干了：Windows部门说，ClearType显示某些颜色时，字体会失真；Office部门说，ClearType太模糊，看得他头晕；便携设备部门表示支持，但有个条件，这个项目得由他们负责。

于是，这个技术在各部门扯皮扯了十年后，才开始应用到Windows中。

我曾在东方卫视看过一个谈话节目，里面一个食品专家信誓旦旦，说工业明胶绝对不可能做出果冻来。

谈话节目立刻变成钓鱼节目，记者马上放了一段事先准备好的暗访镜头，证实地下工场确实可以用工业明胶做出以假乱真的果冻来。

可这位专家仍然微笑着坚持：这不可能，不可能。

我发现，当专家们发现自己的经验被科技发展挑战时，他们通常会闭上眼睛，用权威坚持自己错误，否则又能怎么办呢？

弱小不一定导致平庸，傲慢才会。一个傲慢的人，不仅自己在走向平庸的路上回不了头，还会竭力让这个世界也变得平庸。

6

有一万条道路将带我们走向平庸，却只有一条能帮助我们摆脱它。

土豆网的前CEO王微讲过这么一件事，当年土豆网在美国上市，王微忙中抽空请自己在美国的老师吃饭。

聊到上市，老师问他：除了做这个公司，这几年你还干过什么？

王微想了想，说：我还写了一个话剧，写了一些小说，还去过很多地方旅游。

老师说：还不错，没白活，如果只是搞了一个上市公司，那就白活这么多年了。

比起马云、马化腾，甚至后来收购土豆的古永锵，王微都不算成功。但他毫无疑问，是一个活明白的CEO。

凤凰卫视的名节目"锵锵三人行"在开播之初，是一个标准的谈话节目，三个主持人说的所有的内容都是事先写好的。播了一段时间，收视不好，凤凰台决定撤掉此节目。

在节目"临终"的一个月里，窦文涛开始"破罐子破摔"，三个人跑题像跑火车似的，收视率却神奇地一路狂飙。

窦文涛把自己的私人体验变成一个个"我一个朋友的故事"，引诱嘉宾跟着他胡吹乱侃，肆言无忌，结果是这个节目越来越真诚，形成了他自己的个人风格。

在人人喜欢套路的时候，多点个人风格才是避免平庸的道路；

在人人把有趣当春药的时候，多点深刻的痛苦才是避免平庸的道路；

在人人选择趋利避害时，坚持做一个死板教条的人才是避免平庸的道路；

　　人人都在追求有用成功的人生，反而那些看起来无用的事，看起来很笨的事，看起来没人理解的事，才会让你避免重复平庸的道路。

　　一片树林里分出两条路，

　　而我选了人迹更少的一条，

　　从此决定了我一生的道路。

　　　　　　　　——弗罗斯特《未选择的路》

　　人生，就是一场马拉松，是一次长途的跋涉，它需要的是毅力和坚持。再长的路，只要我们抬腿落步、始于足下，一步一步终能走完。即使人生有再多的不如意，我们也要勇敢地接纳，用微笑和智慧，化腐朽为神奇。

人性是极可恶的东西，它对得到的往往不珍惜。所以，当你被人伤害，首先想想，是不是自己付出的太多，把自己放低了。想要别人疼惜你，首先要自己疼自己。高贵的，才珍贵！

何必羡慕他人呢？你也有你自己的生活啊

前几天，听了一场讲座，一位商界人士分享了他的创业故事。他现在已经成立了三家公司，一个搞电商，一个做互联网，一个搞传媒。

整场讲座中，大家不仅折服于他事业的成功，而且震惊于他开阔的视野以及幽默又务实的风格。听众里不时发出了许多赞叹声。讲座结束，很多粉丝赶快围上去，感慨、人生、建议之词不绝于耳，每个人就像把他的人生作为丰碑一样，不断向其取经。

同行的小伙伴也说道："他好厉害，好羡慕他的人生，好精彩，好成功。"而另一位小伙伴却说："与其花时间去羡慕别人的人生，不如用时间去超越他。"

突然受到他们对话的启发，发现我们真的花了好多时间去羡慕别人的人生。其实，真正的成熟或许就是不再羡慕别人的人生。

1

我们是社会人，我们的眼睛有选择性。

我们常常看得到漂亮可爱，看不到普通一般；我们看得到英俊潇洒，看不到路人甲乙丙丁；看得到胜利的果，却没看到浸透着奋斗血泪的芽。我们看得到成功，且放大成功，却对失败与弱者的关注少之又少。

看到了别人的创业成功，心生羡慕，但是却不知在成功之前，他们走过一段怎样的岁月？

听说那个开讲座的商界人士在创业成功之前，经历了好几次失败。

几个合伙人曾经因为决策失误，把赚的几千万全部赔了进去，还欠了别人几百万。

几个小伙曾一无所有，坐在银行前的台阶上迷惑人生，但是他们没有放弃，借钱从头来过，才有了今天的成功。

人生的轨迹就是这样，一点点没有坚持住，就可能会是完全不一样的结局。

我们看起来美好如初的城堡，曾是别人一路披荆斩棘建造而出。我们羡慕的别人的人生，可能就是我们不能走、不敢走，而别人努力奋斗之后才获得的人生。

2

前段时间，电视剧《欢乐颂》红遍网络。谈及五个主人公，很多人最羡慕曲筱绡，有钱，任性，有话就敢说，不爽就敢骂，活得肆意潇洒。她这样的人生，的确让无数人羡慕不已。

生活中也不乏像曲筱绡这样的人。我认识的一个人，富家女，潇洒的人生不需要解释。在别人还在为学业忙碌的时候，她却在山吃海喝又旅行；在别人还在为工作挤破头的时候，已经有好几份工作在等着她挑选；在别人还在初出茅庐、素面朝天之时，她已经妆容精致，用着大牌奢侈品。多少人羡慕她出生就开挂的人生，那是一种将自己的生活快进几倍也赶不上的日子。多少人认为她就是上天的宠儿，那是一种祈祷不来的幸运。

和她相熟后,我才知道,她虽然有钱,但是家庭却并不幸福。父母离婚,且各自重新成家。她很有钱,但是她觉得回哪边的家,也都不是自己的家。

3

你有没有花时间去羡慕别人?我承认,我有。小学二年级,我们班上课很吵,当时我们的班主任语重心长地跟我们讲道理。

她对我们说:"你们再这样玩下去,将来要做什么?你们的家庭可以一直供养你们吗?"我们集体都不敢说话了,她接着说:"你们家里比较有钱的,可以举个手。"可是,没有人举手,因为我们大都来自极其普通的家庭,于是班上刚刚的热闹变成了长久的平静。

后来,一个男生慢慢举起了手。那是第一次,我特别羡慕别人的人生。为什么我的家庭、我的父母,没给我提供一个可以举手的机会呢?

长大一点,看着电视里同龄的孩子能歌善舞多才多艺,才知道世界上有一群人,他们过着我未曾设想过的生活。那些从小培养起来的爱好、兴趣、才能,甚至是眼界,从来就不是我这种普通家庭可以负担得起的人生。

后来跟好友聊天,他说他很羡慕我,羡慕我坚持着自己喜欢的事情,生活有计划、有规律,家人温暖,好友众多,生活都是满满的正能量。我这才发现,那些我曾羡慕的人生,是我生活的遥不可及;那些我曾经不愿接纳的生活,却是别人的求之不得。

4

随着年龄的增长,那个小时候不断羡慕别人的自己,开始转变。对世界了解越透彻,就越知道没有谁的人生真的可以肆意一辈子。看的书越多，就越知道，福祸相依，生活就是无数的大风大浪，再走向平平淡淡。走的路越远，就越会发现，再多的钱比不过有一条可以回家的路。

真正成熟的人，他会知道：任何人的光鲜亮丽，必有他该面对的艰难险阻；任何人的潇洒人生，也有着难以言说的苦楚；任何羡慕之谈，或许不过是对自己不能重塑的人生的向往。

就像小时候在学校，"好学生"羡慕"坏学生"不用那么努力，"坏学生"羡慕"好学生"可以得到很好的成绩，而"不好不坏的学生"羡慕着这两种人都可以得到老师的关注。

但是，何必羡慕他人呢？你也有你自己的生活啊。

读一些无用的书，做一些无用的事，花一些无用的时间，都是为了在一切已知之外，保留一个超越自己的机会。人生中一些很了不起的变化，就是来自这种时刻！

一个成大事的人,
不能处处计较别人。
消耗自己的时间去和人家争论,
不但有损自己的性情,
且会失去自己的自制力。
是非黑白,自有公论,
在无法做到每个人都相信你的时候,
你只需要做到让相信你的人更信任你。
付出总会有回报,
眼界决定高度!

你说话的舒适度展现了你的高度

上午十点左右的时候去公司茶水间倒开水,看到前台接待了一个女孩。

我定睛一看,这个女孩是同事阿文的女朋友,原来阿文最近和她分手了,女孩哭哭啼啼地跑到单位来找他,不见阿文不走。

这件事情对阿文有点影响,尤其是怕领导知道之后会对阿文有看法,女孩的行为让阿文很难堪。

阿文一脸厌烦,迫于无奈得跑到公司前台去和女孩把话说清楚,要女孩离开,不要影响公司的正常办公。

女孩子哭得梨花带雨,妆都花了,不肯离开,不肯分手。

他的女朋友我们之前都见过，阿文带着她出来和我们吃过几次饭。女孩身材高挑，长相清丽，看外表倒是个惹人喜欢的女孩，可是一接触她的内心就会让人大倒胃口。

她的父母是老来得女，视女儿为掌上明珠，典型的含在口里怕化了，捧在手里怕摔了的那种，养了她一身的"公主病"。

有一次我们一起去吃饭，人还没到齐，女孩便说自己饿了，吵着要吃饭，拿起筷子就旁若无人地吃了起来，弄得阿文好不尴尬。

还有一次有几个同事在街上偶遇了女孩，他们热情得向女孩打招呼，女孩却一脸漠然，没有任何回应，头也不回得走了。

后来阿文质问她，她解释说：我就是一个爱憎分明，直来直去的人，喜欢一个人就拼命地对他好，不喜欢的人我真的装不出来喜欢，甚至招呼都不愿意打，难道你要我放弃真实的自我去做一个虚伪的人？

女孩牙尖嘴利，强词夺理，阿文被她说得哑口无言。

这些其实还只能算小事，真正导致他们分手的是阿文把女孩带去见自己父母的时候。

那天，女孩穿得挺漂亮，阿文母亲见了很高兴，兴高采烈做了一桌子菜招待她。

开始女孩还挺好，坐在那里很淑女，可一动筷子立马就露出端倪了。

"好咸啊！这菜怎么这么咸，阿文快拿水给我！"女孩吃了一口菜，马上叫了出来。

阿文的母亲坐在那里一脸黑线，闷不作声地吃着自己的饭。

这时阿文面露恼色，心中非常不快，坐在那里厌烦地看着女孩，一直没有动身给她拿水。

女孩压抑的火苗直瞬间往上蹿，啪！把筷子一摔，不吃了。

阿文扯着女孩衣袖，把她拽到了房间里面，他们在房间里面爆发了激烈的争吵。

阿文怪女孩不尊重自己的母亲，不该说出菜太咸的话，要她去和母亲去道歉。

女孩却道理一箩筐，又是质问阿文明明知道自己的口味是清淡的，却没有告诉他母亲，还帮着他母亲一起欺负自己，又说自己只是无心之言，是他母亲太介意了。

她解释说自己私底下就是这个样子，要自己装腔作势去迎合他的母亲，她做不到，要她去道歉更加做不到。

最后他们吵架也没有吵出个结局，女孩愤而摔门离去。

阿文望着她气冲冲离去的背影，彻底绝望了，发短信给女孩说分手，女孩不肯分手，又来找他，他避而不见，女孩没有办法，只得闹到了公司。

我们看着阿文苦不堪言的样子，一致告诉他：阿文你早就该分了，和这样的女孩还能谈恋爱，你真是内心强大，我们要是和她在一起，一分钟都受不了。

别人路上遇见你和你热情打招呼，你因为不喜欢他，头也不回；

吃饭人都没来齐，你因为肚子饿，一个人先吃；

第一次见长辈，他们辛辛苦苦给你做了一桌子菜，你因为吃的清淡，说他的菜太咸；

不好意思，你这不是性格直，你是没教养！

我见过许多人，他们自我意识澎湃，认为任性就是个性，就要活出真实的自己，他们永远活在以自我为中心的世界里，只管自己的痛快和发泄，从来不会考虑别人的感受。

他们往往打着率性和直白的旗号，说自己就是说话直，不会拐弯抹角。

恕我直言，你这不是直白和真性情，你是自私没教养。

前段时间看《非诚勿扰》精华版，有一个男嘉宾同样让人挠心不已。

刚上场时，小伙子西装革履，眼睛炯炯有神，挺精神的样子。一姑娘喜欢这款果断爆了灯。

可几轮交流下来，姑娘们不淡定了。

这男生无论与谁交谈都一副咄咄逼人的架势，噎得对方无话可说。

开始有位姑娘很娇羞地问他："你能评价一下场上的女嘉宾吗？"

男嘉宾眼睛扫了下全场，说："我的个性就是比较直白，场上女嘉宾的资料我是看过的，长相还可以，就是智商真不敢恭维！提的问题太没有技术含量了。"

我喝到嘴里的水差点喷了出来，这个男嘉宾太陋了吧！好一副爷就这样，爱咋咋地的阵势！

不过几秒，砰砰声此起彼伏，女嘉宾把灯灭得精光。剩下唯一爆灯的女孩，很是尴尬，她说："这让我情何以堪啊？不过，我既然为你爆了灯就不后悔，我愿意跟你走！"

可是，最后男生竟头也没回就一个人走了，连一句谢谢也没和那个爆灯的女孩说。

根据节目规则，男生是可以不牵女生走的，后台采访，男嘉宾似乎还没尽兴："说这些女生智商低还算是客气了……"

节目进行到此，主持人孟非说了句话："姑娘，今天没被他牵走是你的幸运！"。

讲真，我挺同意孟非的观点的。

大多时候标榜自己说话直的人，只是不愿意花心思考虑对方的感受罢了，确切地说就是自私和缺乏教养的表现。

这还只是找对象，你都不愿意为了别人费点功夫把话说得委婉一点，那以后结婚的日子可真不敢想象。

爱情，本身就是相互妥协的艺术。真正爱一个人，必然设身处地地为对方着想，克制自己的情绪，谨慎自己的言行。

《礼记》中说："君子约言，小人先言。"意思是君子谨慎说话，小人妄言妄语，一个说话举止得体，懂得考虑对方感受的人更容易获得大家的喜欢和尊重。

正如网络上曾经很流行的那句话：一个人的谈话让别人舒服的程度，决定他这个人的高度。

你不要打着自己性格直的标签，把说话冲等同于真诚和直白，这真是一个天大的笑话。

因为你"性格直"就可以口无遮拦肆无忌惮？

因为你"性格直"就可以任性妄为胡言乱语？

因为你"性格直"你带给别人的不快和痛苦，别人都应该原谅你？

你不要永远觉得自己才是对的，别人都应该要无条件得包容你，别人如果没有顺着你，否则别人就是矫情，别人就是傻逼。

不好意思，你这不是性格直，而是情商低下，自私自利，毫无教养。

你明明就是大脑缺根筋，嘴巴连着心，走心不过脑，说话没教养，还和"性格直"扯什么关系？

这个黑锅我们"性格直"不背！

成熟是一种明亮而不刺眼的光辉，一种圆润而不腻耳的音响一种不再需要对别人察言观色的从容，一种终于停止向周围申诉求告的大气。一种不理会哄闹的微笑，一种洗刷了偏激的淡漠。一种无须声张的厚实，一种并不陡峭的高度。

人生只有三天：昨天，今天和明天。迷惑的人活在昨天，奢望的人活在明天，只有清澈的人活在今天。昨天已经过去，是过了期的支票，明天还没有来到，是不可提取的支票，只有今天是可以使用的现钞。只有过好今天，昨天的付出才会值得；只有把握好今天，明天才会有希望！

你做的每一件事情，都是你的名片

素养=素质+修养。

生活中，有很多不成文的规矩，都是生活小细节，却能真实的反映一个人的素养。

你的善良，你的高贵，你对他人的尊重就在那一瞬间，在你的举手投足之间，展现了出来。

每个人都有很多缺点毛病，关键在于是否能意识到问题。然而单单意识到，还不够，还需要做出好的改变。

长久的事，就需要长久的耐心。一点点修正，慢慢养成良好习惯。不需要刻意，让习惯成自然，便能成为素养。

一个人时，好好善待自己。两个人时，好好恩待别人。

不要忽略每一个细节，修养就在这些点点滴滴的细节中。

朋友菲菲告诉我，她最近把一个暧昧阶段的对象拉黑了，本来对他挺有好感的，但因为一件事情，她果断停止了跟他交往。

事情是这样的，他从外地出差回来，叫菲菲一大早开车去汽车站接他，菲菲答应了。

在接的过程中，因为双方沟通的问题，车左转，右拐的，拐错了几个路口。他终于有点不耐烦了："哎呀，妹子，你怎么搞了半天还弄错了呢，我自己拦车算了！"

他拦了一辆的士，走了。

2个小时后，他发微信给菲菲，约她吃中饭，但是菲菲拒绝了，并且把他拉黑了。

菲菲有她的理由："且不说，我为了去接他付出的代价，一大早被闹醒，路上还遇到乱变道的三轮，差点撞车。单就这一件事情，就可以看出他的素养，以自我为中心，不考虑对方的感受！无法想象，以后跟他在一起生活的样子，各种矛盾摩擦……这种关系，早结束，早好！"

有时候人们总是善于伪装，但有时候，你不经意的一个举动，无意中做的一件事情，就出卖了你的人品，你的素养。

你做的每一件事情，都是自己的名片，无论是好的，还是坏的，都会给自己贴一个标签，告诉别人："我就是这样的人"！

我同学是校花，要貌有貌，有才有才。追求者中也不缺才貌双全，家境前途一片明艳的对象，但是却大跌眼镜的嫁给了一个要貌没貌，要才没才，而且家里穷到能听见响声的一个主儿。

而且这样一过居然已经22年，当然现在生活殷实，日子温馨，儿子都上大学了依然把她宠成公主样儿。

现在同学们聚会都夸我同学眼睛里有水，看人很准。

那天给我同学过生日，大家一致让她交代，用什么火眼金睛看出你老公是一个潜力股。我同学当然开心的花枝乱颤，玩笑罢了，却正儿八经的给我们讲了一个小故事。

有一年社会实践，在她现在老公的老家，而且她和老公分一个组，他们每次下工地都要坐一辆敞篷车，敞篷车的座椅是木头做的，因为年久，木头很粗糙，而她又喜欢长发飘飘，总是下车时不小心被座椅挂住了长发，生疼。她当时的男友每每这个时候总会抱怨：再臭美。

下次再坐车的时候,他们发现不知道是谁给每一个座椅穿了一件座套,尽管颜色很艳俗,但真的很实用。

那次实习很快就结束了,好像承办方还给每一个实习生结算了一点补助,她老公临走前,涨红了脸求她替他给他妈妈买很多卫生巾。

她当时十分好奇,其实也有点八卦,借口要去他家拜访一下。

去了,她发现他家很穷很穷,但是非常干净,而且从院子到屋里,几乎所有的棱角和突出的地方都穿着厚厚的五颜六色的旧衣服。简直像一个染坊,她当时想,只有审美癌的人才会这样装饰房子。

大概,他也看出她的夸张和嘲笑的表情,居然很淡然的解释:他妈妈羊角风,间歇性神经病,没人的时候怕妈妈磕着,就用了这个办法。每次妈妈来例假都不能自理,所以……

那天,她听他这样一说,莫名的感动,她觉得眼前这个暖男简直就是一轮太阳,这样的环境,但从来没有阴郁和怨恨,总是那么阳光,那一天,她发现他特别爷们,是可以托付终身的人。后来他们就走在了一起。

我们评判一个人,是好是坏,是否值得交往,是否值得重用,往往不是空穴来风,而是通过一些细节。你做的每一件事情,都是你的名片,有些加分,有些减分,有些立马让你变成负分。

记得一个资深HR说:"有时候跟一个人喝一杯茶,就知道是不是想要找的人。你所做的每一件事,每一个动作,每一个眼神,都是你的名片。"

朋友胜男,跟我讲起一段她的经历,有次合作商邀请她去见面洽谈合作,他在胜男面前,有意无意炫耀自己的穿戴都是名牌,认识的朋友都是一些有脸面有地位的人,他还经常去各个国家出差学习。

胜男很高兴,以为找到了一位有钱又有品的金主了。但是,两个细节,却改变了胜男的想法。

其一,晚上住宿时,他只给她开了一间较差的酒店,价格大概在100元左右。

胜男认为,酒店差一点没关系,自己不是那种娇贵的人,但是这却反映出一个人的待客之道，他并不尊重我；另外，也反映出他为人的自私小气。

其二，胜男提了一个LV的包，他凑过来，左看右看，然后说，这LV是真的。

胜男说，如果真的是一个追求品牌的人，对LV包，只要眼光一扫，就能判断其真假。这个人很明显，喜欢吹嘘卖弄，不实在，不靠谱！

王石，早年，一位老板想找他合作，这位老板喜欢夸夸而谈，极力向王石吹嘘自己的实力，鸿鹄之志，以及他诚实可靠的人品。王石本来打算跟他签下合约。

但是一件事情，让王石立即改变了主意。

谈判完后，这位老板请王石吃饭，介绍猴子非常聪明，人若吃了大补！于是，老板叫人牵来了一支猴子，抡起铁锤向猴子脑袋砸去。一声惨叫，猴子死了。脑袋被砸开，那位老板掏猴子脑汁就吃。

王石震惊了！这个人太残忍了！与这样的人合作必定极其危险，王石果断放弃！

后来，这位老板果然在与别人合作时卷款而逃。

你做的每一件事情，都是你的名片。人在做，天在看，永远不要低估别人的观察力和判断力。

无意的一件小事，却会毁坏一桩大事，偶尔一件善意的举动，也有可能成全你的一生。

David，美国多家餐厅老板，在美国安家立业，娶妻生子，日子过得红红火火。但是他初到美国时，日子过得很艰难，没有固定的工作，只能靠做一些零散工赚钱。

他在商场找了一份扮演小丑的角色，穿着大而笨重的动物服装，在街上行走，逗乐来往的行人。

有一天，突然传来一声老太太的声音，"抓小偷"。一个小偷，飞快地往他这个方向奔跑过来。David见状，一个健步飞过去，用笨重的身体把小偷压倒在地。把包包抢了回来，交给了老太太。

老太太不停地感谢，然后从钱包里面掏出了几百美金，给David作为酬谢。

David对老太太说："不用！我是中国人！"

老太太见他是个乐于助人，不求回报的人，就拿出了一张名片给他，叫他来这家西餐厅面试工作。

后来David去到了这家西餐厅，从削土豆开始，慢慢地干到了大厨。又有一次机会，一位美食专家，品尝了他的美食之后，写了一篇文章在报刊上发表，他因此一举成名，后来事业越做越大，他才有了现在的一切。

朋友Lisa，公司高管，一次和她出去旅游，离开酒店时，她将被子叠好，将用过的东西，放回到原来的位置。

我跟她说，阿姨会过来打扫的呢。她说，你不知道，以前去日本出差，有次退旅馆时，听到一个服务员，抱怨说："又是中国人住的酒店，房间乱得很，中国人真没素质啊。"

她说，从那以后她决定要改变这个习惯，不能丢中国人的脸！在国外，你的一言一行，不仅代表了自己，更代表了一个国家的形象。

你做的每一件事情，都是你的名片，代表着你的形象，你的个人品牌。你以为别人不在意，其实他们早已给你贴上了标签。

所谓的人品、素养，其实都体现在细节里，窥一斑而知豹，落一叶便知秋。你的每一个动作，你的一个笑容，你的每一次善举，都代表着你。

有人说打败爱情的，不是天涯海角，天悬地殊，而是细节！你的每一次质疑，你的每一次歇斯底里，都会葬送爱情！

细节，可以否定你，也可以成就你。不要惊讶一个人对你的肯定，那是你自己用行动争取来的，也不要埋怨别人用一件事情否定你，只怪你给了别人否定的机会。

记得一位朋友说："一个人独处的时候，才最能体现一个人的道德修养。"

做最好的自己，即使没有人看到！认真生活的人，运气不会差！

出门时，记得给自己一个微笑，给爱人一个拥抱；坐地铁时，记得轻言细语，不要大声大叫；工作时，认真负责，待人接物，热情礼貌，帮助他人，不求回报。

因为你做的每一件事情，都是你的名片，细节最见一个人的修养。

样貌之美，直接，可总会老去；而人的修养体现在举手投足之间，随着年龄的成长，会将生命之美刻进岁月。

修养是谈吐有节，懂得聆听；修养是心平气和，以理服人；修养是尊重别人，尊重别人的选择、观点、时间；修养是不卑不亢，落落大方。

修炼修养，从细节开始！

在问题出现的那一瞬间，一定要控制好自己的情绪，不要发火，不要偏激，不要说出什么过激的话，要懂得忍耐。忍耐不是为了让你不去处理这件事情，而是为了避免在情绪失控的情况下，干出什么让自己丢脸的事情。以后你就会知道，生活中真的没有几件事情是值得我们搭上礼貌、教养、人品和格局的！

不想认命，就去拼命，我始终相信，付出就有收获，或大或小，或迟或早！始终不会辜负你的努力，有一种落差是，你配不上自己的野心！也辜负了所受的苦难！只因你没有坚持自己的信念！每个光彩照人的背后都有一个咬紧牙齿奋斗的灵魂！

让自己做到极致，资源便会不请自来

在资源有限的时候，不要忘记你就是最大的资源、最重要的因素。你的状态、方法、品质、信心，将决定一件事情的未来。

1

朋友今年毕业了，去了一个很不错的单位工作。

之前就听他说，老师非常喜欢他，极力希望他能够留校，但是他为了女朋友，毫不犹豫地选择了女友所在的城市。

老师忍痛割爱，说朋友是他这么多年来最满意的一个学生。师兄弟们非常羡慕他，羡慕他有好的运气，同时对于老师的偏心也有些小嫉妒。

去年夏天，我正好去朋友所在的城市出差，时间紧迫。恰逢他的导师请课题组老师和学生们等三十几个人吃饭，朋友就顺便把我也带上了。

吃饭间，朋友忙前忙后，帮老师张罗饭菜，替同学们安排座次。

整个饭桌上没吃几口菜，有几位老师临时有事，先行回家，也是朋友将这几位老师送出门口，扶着喝多酒的老师，给老师叫出租车。

整个晚上都是礼貌而周到，并且把现场的气氛调动得非常好，大家玩得都很欢乐，难得的放松和舒服。

饭后，我跟他说，我要是你的老师，我也会如此偏爱你，你为人豪爽大方、不拘小节、做事努力认真、学业优秀、礼貌踏实，一直给人一种放心的感觉，交往过的人几乎众口一词的夸赞你。

其实，你的同学、师兄弟们只是看到了老师的偏爱，没有看到原因。

比如，就在刚才，你在里里外外地帮助老师张罗，给喝多酒的老师打车，还要时刻照顾我的情绪，怕我因为陌生而不能放松下来。

可是除你之外的同学们却是在饭桌上谈笑风生，并没有表示礼貌和帮助。

朋友说，哪有所谓的好运气和偏爱，只不过是自己的努力没有被人看到。

他们只看到我跟同学出去吃饭喝酒，可是他们不知道即便是吃饭，我也在学习，我随时会抓住大家说话的有用的信息点放到自己的工作中，多少个夜晚睡不着觉想着科研实验该如何进行，才有了现在的顺利。

而你说的那些礼貌不过是做人的本能而已，做人不就是应该礼貌真诚吗？并不是老师偏爱我，我才顺利，而是因为自己的努力赢得了老师的偏爱而已。本质上，只有自己的优秀的素质才是自己最大的资源。

朋友的老师喜欢他，为他的不留校感到万般可惜，这不但是对其能力的肯定，更是对其高尚修养的肯定。

正是他本身所具有的这种素质，使得老师愿意成为他的贵人，愿意在事业上尽其所能地去帮助他。

个人的素质就是自己的名片，你所有的道德、品行、能力经过时间的验证都会刻在别人的心里，而他人是尊重你、喜爱你还是对你敬而远之，实际上都是看你这种名片是否体现了一定的价值。

2

个人价值不仅表现在顺境中的提升,在逆境中的增长才更能体现一个人的气度涵养。

同样是一个做科研工作的朋友,读书时他所在的团队的科研氛围却并不怎么乐观。

老师以先入为主的印象否定了他,之后任凭他再怎么努力和出色,老师仍对其有意见。

他告诉我,这是一个常人难以忍受的环境,面对着沉重的科研,迷茫的未来,再加上老师的不理解、挖苦,三年中,他承受了巨大的压力。

但是他没有抱怨,依旧努力踏实,发表了多篇高水平的文章,其中一篇高水平的文章是该团队十几年来最好的一篇。

他的性格、心理也因此被磨炼得更加沉稳、平和。

他说,经过了这三年残酷的训练,现在已经没有什么困难能够将他打败。

毕业时,他去了一所很好的高校工作,遇到的老师对他非常欣赏和信任。我取笑他,你终于转运了。

其实我心里知道,是他自己成就了自己。

他在困难中坚持住了原则,始终将磨难转化为自身成长的动力,并不断地调整自己的适应能力,心态变得越来越好,看待事物越来越客观,为人更加谦和,人格更加完善,个人的整体素质提升了一大截。

是他自身的优秀,自己的价值吸引了同样优秀的人,使得自己被他人欣赏、赏识。最终,这笔磨难也变成了财富。

使一种交往具有品质的不是交往本身,而是双方各自的素质。没有人愿意去认可、信任一个没有素质、没有价值的人,除非对方也是一个没有素质、没有价值的人。

质量高的交往中，交往者双方必定都有优秀的。

因此，最重要的是使得自己变得优秀，才能配得上有价值的良师益友，同样，使得自己变得有价值，才是自己最好的资源。

生活的理想就是为了理想的生活，每个人都应该为此而担负起自己的责任——对生活，对未来要有一种责任感，不管遇到怎样的困难与挫折，都应以勇往直前的毅力坦诚踏实的态度前进。

做人就要像花一样,不管有没有人观赏,你都一定要绽放。不为别人,只为自己,不做别人的赏物,只做最炫丽的自己!

未遇见真爱之前,学会跟自己相处

1

"秋天该很好,你若尚在场。"表弟小林说,他想把这句话发给她,可终究还是没有。

三个月前,我碰到小林时,他刚刚结束了四年的感情。他从没想过,那个心心念念想为自己穿上嫁衣的姑娘,也会离开自己。盛夏的午后,阳光刺眼,知了聒噪,他漫无目的地走在小区里。他说睡不着,书也看不下去,连打游戏都没兴趣。

现在的他,已经没有了那时的沮丧落寞,变得稳重而踏实。他对我说,这三个月来,他用尽全身力气去不断反刍,回忆这段感情,更回看过往的自己。以前,既是学生干部又有如花美眷的他觉得一切都顺风顺水,也理所当然。每天的时间排布得满满当当,他也乐在其中,无暇多想。

分手以来的这三个月,他想的东西比过去三年都多。他逐渐明白了自己的幼稚失职,也发现了彼此的尖锐棱角,然后知道了自己是什么样的人,想要什么样的生活。他给自己制定了一个小目标和一个大计划,有点难,可他正在全力以赴。他说,失恋,好像让自己从男生成了爷们儿。

像是揠苗助长,可放在这里,效果却出乎意料的好。在与失败感的短兵相接中没有败下阵来，在丰盛的回忆中提纯出清澈的勇气，然后重新出发。看似手无寸铁，实则无坚不摧。

"这是最好的时代，也是最坏的时代。"时间会消解不甘还原真实，从一种熟悉的状态中脱离出来，也为你提供了一个契机，与自己对话，看到曾经被遮蔽掉的却非常重要的东西。渐渐从愤懑到懂得，到最后，只想对那个离开的背影说一声不辜负。

2

我也有一个想感谢的人，和一段想感谢的时光。

那是大三，我去参加一场音乐会。刘辰是乐队首席，我是记者。大概是音乐会给人蛊惑，让台上的他显得愈加光彩夺目。在随后的采访中，我更佩服他知识的广博和见识的深度。一颗种子在心里发了芽，扭扭地想要破土而出。在许多个辗转反侧的夜里，我在网上搜集一切关于他的信息，把他朋友圈里的照片存进我的相册。而我和他，只有那一面之缘。

在又一个翻看刘辰朋友圈的深夜，我突然觉得自己特别无趣。这是在做什么呢？我问自己。他像夜空耀眼的星，而我只是大地上的一粒沙，低到尘埃里，他永远都看不到。嗯，暗恋没用，我需要变好！

以前对音乐一窍不通的我开始恶补各种音乐知识，手机曲库里多了许多经典音乐，我从不知道音乐的世界如此精彩。我顺着他分享的书目去读了很多原来并不在我涉猎范围的书，然后不断地发现，哦，原来这件事还可以这么想。他喜欢跑步，那我就去练瑜伽。从瑜伽入门到茶熏瑜伽，我享受着身体舒展带来的愉悦。

不知不觉间，我不再眼巴巴看着他做什么我就做什么。我开始主动地走出自己的舒适区，把触角伸向所有可能的地方，接触新鲜事物，探索未知世界。生命像是被不断地打开，注入新鲜的活力，我带着充盈的元气迎接每一个日子。

后来，我看到了刘辰恋爱的消息，我竟没有太多难过。是的，我错过了他，可我相逢了一个更好的自己。

不再瑟缩在世界的一角等待，等待某个人带我飞跃现实的不完满。当我把那颗脆弱的玻璃心终于安放在自己的羽翼之下，然后张开身体里每一个细胞去拥抱未来的时候，我感到前所未有的踏实与欣喜。

总有人说到暗恋的心酸与寂寞，可那也可能是一道光，照亮我们生命中原本暗淡贫瘠的部分。把纠结不安的心事变成即刻行动的动力，把愁肠百转的时间用来提升自我。自己的生活过得热气腾腾，正是对这段感情最大的敬意。

3

我很欣赏的一位女作者曾写道："有些路你可以一个人走的"。她说，电影《Begin again》里，让她印象最深的镜头是结尾。女主角骑着自行车穿过纽约的夜景，眼里有泪，但风把她嘴角的笑轻轻扬起。她没有和大红大紫的前男友复合，也没和把整个城市变成录音棚的大叔一吻定情。她就那样跨上自行车，一个人，走向她未知的、需要重新单打独斗的未来，背影比纽约的夜景还美。

到了该出双入对的年纪却依然茕茕孑立，单身似乎天然带着一种挫败感。可我的朋友方丽从不这么认为。她的经典台词是：沦为单身，不提也罢；贵为单身，怎样都好。她就在单身贵族的路上走得欢脱跳跃。

上学时，她就开始学法语。周末一早，举着面包就去挤公交上课。每晚七点，她会小心翼翼地绕过宿舍楼下你侬我侬的姑娘小伙，到操场上夜跑。所以，她的体能足以支撑她在每年的暑假随专业登山队征服一座高山。

一天夜里，独自住在出租屋里的她突然听到门把手被剧烈地扭动起来。

她害怕到每根汗毛都立起来了,脑子里飞速想着:我刚才锁门了吗?是坏人吗?我该怎么办?手不停发抖。

好在只是对方走错了楼层。有那么一瞬间,她想,如果有个男朋友一起就好了。

不过她更现实,马上开始学习女生自保与自救的方法。正是这些知识,让她有了独自去法国出差、飞机半夜落地一个人去酒店的勇气。

曾经读到冰心与铁凝的故事。铁凝年轻时去拜会冰心,冰心问她,你有男友了吗?铁凝说,还没找到。90岁的冰心对她说:"不要找,要等。"

每个人都是独立的个体,不能依赖于别人提供的给养,而是要始终拥有自我塑造的能力。

安全感的获得来源于对自己的接纳与重构,发现自己的软肋,然后为它穿上铠甲。爱情里最艰难的部分就是遇见。在遇见之前,你要先学会与自己相处。

不久前,方丽结婚了,是她想要的惺惺相惜。婚礼上,她故意把新娘花球抛给了我。我知道她想说什么。

"你看,花都开好了。"

每一种选择都有不同的结局,就如走不同的路就会有不同的风景。所以,如果想看灿烂的风景,不妨沉思片刻再做选择。人生短短几十年,不要给自己留下了什么遗憾,想笑就笑,想哭就哭,该爱的时候就去爱,无谓压抑自己!

热爱生活

不论你的生活如何卑贱,你要面对它生活,
不要躲避它,更别用恶言咒骂它。
它不像你那样坏。
你最富有的时候,倒是看似最穷。
爱找缺点的人就是到天堂里也能找到缺点。
你要爱你的生活,尽管它贫穷。
甚至在一个济贫院里,你也还有愉快、高兴、光荣的时候。
夕阳反射在济贫院的窗上,像身在富户人家窗上一样光亮;
在那门前,积雪同在早春融化。
我只看到,
一个从容的人,在哪里也像在皇宫中一样,
生活得心满意足而富有愉快的思想。
城镇中的穷人,
我看,倒往往是过着最独立不羁的生活。
也许因为他们很伟大,
所以受之无愧。
大多数人以为他们是超然的,不靠城镇来支援他们;
可是事实上他们是往往利用了不正当的手段来对付生活,
他们是毫不超脱的,毋宁是不体面的。
视贫穷如园中之花而像圣人一样耕植它吧!
不要找新的花样,无论是新的朋友或新的衣服,来麻烦你自己。
找旧的,回到那里去。
万物不变,是我们在变。
你的衣服可以卖掉,但要保留你的思想。